少年陰陽師

迷いの路《みち》をたどりゆけ

結城光流

15359

角川ビーンズ文庫

少年陰陽師

迷いの路《みち》をたどりゆけ

登場人物紹介

彰子（あきこ）

左大臣道長の一の姫。強い霊力をもつ。わけあって、安倍家に半永久的に滞在中。

もっくん（物の怪）

昌浩の良き相棒。カワイイ顔して、口は悪いし態度もデカイ。窮地に陥ると本性を現す。

昌浩（安倍昌浩）

十四歳の半人前陰陽師。父は安倍吉昌、母は露樹。キライな言葉は「あの晴明の孫!?」。

六合（りくごう）

十二神将のひとり。
寡黙な木将。

紅蓮（ぐれん）

十二神将のひとり、騰蛇。『もっくん』に変化し昌浩につく。

じい様（安倍晴明）

大陰陽師。離魂の術で
二十代の姿をとることも。

朱雀（すざく）
十二神将のひとり。
天一の恋人。

天一（てんいつ）
十二神将のひとり。
愛称は天貴。

勾陣（こうちん）
十二神将のひとり。
紅蓮につぐ通力をもつ。

太陰（たいいん）
十二神将のひとり。風将。
口も気も強い。

玄武（げんぶ）
十二神将のひとり。
一見、冷静沈着な水将。

青龍（せいりゅう）
十二神将のひとり。
昔から紅蓮を敵視している。

天后（てんこう）
十二神将のひとり。
優しく潔癖な水将。

白虎（びゃっこ）
十二神将のひとり。
精悍な風将。

風音（かざね）
道反大神の娘。以前は晴明を狙っていたが、今は昌浩達に協力。

益荒（ますら）
斎に仕えている謎の青年

斎（いつき）
帝の娘を待つ物忌の少女

安倍昌親（あべのまさちか）
昌浩の次兄。
陰陽寮の天文生。

イラスト／あさぎ桜

我は天に在り地に在り人に在り。
木に在り火に在り土に在り、金に在り水に在り。
生きとし生けるすべてに在りて、命の息吹《いぶき》を司《つかさど》る。

我は天御中主神《あめのみなかぬしのかみ》。
原始の光と同一のものである。

1

あまりの苦しさに、目を背《そむ》けた。

けれども。

目を背けつづけることは、できない。

◆
◆
◆

雨音に交じって、鳥のさえずりが聞こえる。

うつらうつらと船を漕《こ》いでいた彰子《あきこ》は、ふと瞼《まぶた》をあげた。

「……あ…」

ほうと息をつく。いつの間にか、うたた寝《ね》をしてしまっていた。

戸締《とじま》りをしてあるので、外の光は入ってこない。いまは、何刻頃《ごろ》なのだろう。

雲に覆《おお》われているから陽《ひ》がどの辺りまで昇《のぼ》っているのかはわからない。それでも、大まかな目安にはなる。

気になるならば、木枠《きわく》の窓を少し開ければ良いのだとわかってはいたが、どうしても立ち上がる気になれず、肩《かた》から落ちそうになっていた袿《うちぎ》を引き上げて、彰子はうつむいた。

夜の間に色々なことがありすぎて、無事に夜明けを迎《むか》えていることが信じられないでいる。

確かめるようにして自分の両腕《りょううで》を抱《だ》くようにしながら、彰子は昨夜のことを思い返した。

無事でいる。自分も、内親王脩子《ないしんのうながこ》も。そのことがまるで奇跡《きせき》のようだと思った。

茵《しとね》に横になっている脩子が、軽く身じろぎをした。その小さな腕《うで》にしっかりと抱かれた黒い塊《かたまり》がいなければ、彼女はいまここにいなかったかもしれない。

鴉《からす》の羽を撫《な》でたい衝動《しょうどう》に駆《か》られたが、眠《ねむ》っているのを邪魔《じゃま》することになりそうなので、のばしかけた手を引っ込めた。

引いた指先がかすかに震《ふる》えている。そのことに気づいて、彰子は努めてゆっくりと深呼吸をした。

左手首につけている、瑪瑙《めのう》の腕飾《うでかざ》りにそっと触《ふ》れる。そうして、首に下げている匂《にお》い袋《ぶくろ》を、衣の上から摑《つか》むように。

――……彰子は、じい様がいてくれるから、大丈夫《だいじょうぶ》だよ

匂い袋を摑む手が、小さく震えた。

いいえ、いいえ。決して大丈夫などではなかった。

ともにここまでやってきた大陰陽師よりも、道反大神《ちがえしのおおかみ》の血を引く女性よりも、十二神将たちよりも。

絶体絶命のときに、痛切に心が欲《ほっ》していたのは、ただひとりの腕だけだったのだ。

いつだって、彰子が危機に陥《おちい》ったときに助けてくれたのは、昌浩《まさひろ》だった。安倍晴明《あべのせいめい》ではなく、その末孫である昌浩だったのだ。

彼が晴明の後継《こうけい》だからではない。昌浩が昌浩だったから、彰子はいつも昌浩の名を呼んで、助けを求めた。

そのことを、こんなときに思い知るなんて。

何度も何度も深呼吸をして、激情をやり過ごす。

いま、自分は動揺《どうよう》している。昨夜あれほどのことがあったのだから当然だ。落ちつかなければ。身近にいるものが動揺すれば、それは姫宮にも影響《えいきょう》を及《およ》ぼすだろう。

雨が降っている。もう聞き慣れてしまった音だ。

さあさあと響《ひび》く音を聞きながら、鼓動《こどう》が静まるように、深呼吸を繰《く》り返した。

《彰子姫、起きたのね》

ごく近くで声がした。はっと目を開けると同時に、十二神将太陰《たいいん》が顕現《けんげん》する。

通力で宙に浮《う》いている彼女の栗色《くりいろ》の髪《かみ》が、ふわりと揺《ゆ》れた。

端座《たんざ》している彰子の目線まで高度を落とし、太陰は不審《ふしん》げに眉《まゆ》をひそめた。首を傾《かたむ》けて、口をへの字に曲げる。

「……顔色が悪いわ、相当参ったって顔してる」

「え……」

思わず頰《ほお》に手を添《そ》える彰子に、太陰は深々と嘆息《たんそく》した。

「だから、ちゃんと横になったほうがいいって言ったのに。聞かないんだもの」

頰をふくらませる太陰に、彰子は微苦笑《びくしよう》を見せた。

「姫宮様が心配だったから……」

「そういうときは、風音《かざね》に任せればいいのよ。風音は姫宮付の女房《にようぼう》なんだから」

腕組《うでぐ》みをする太陰に、彰子はゆっくりと首を振《ふ》った。

「ううん。風音様…雲居《くもい》様も、お疲《つか》れだもの。私にできることは、私がするわ」

咄嗟《とつさ》のときに真の名を呼んでしまわないように、言い直す。風音は、宮中では『雲居』と名乗っているのだと聞いたので。

太陰は物言いたげな顔をした。

彰子はいつもいつも、自分にできることをと言うのだ。だが、そこまで気負う理由をつい先日知った。知ってからは、彰子のそういった言動が気になって仕方がない。もっと楽にできればいいのにと思えてならない。

相手のために何かをしたいと思うのは、いいことだ。それが義務感からではなく、自分の中から自然に湧《わ》いてくるのであれば、とても素晴《すば》らしいことだ。

彰子の中にも傷があるという。その傷をふさぐことができれば、彼女の気負いは消えて、ごく自然に考えられるようになるのだろうか。

太陰はそっと息を吐《は》く。十二神将である自分には、実はそういった人間の心情というものがよくわからない。人間という生き物の心の動きは実に複雑怪奇《かいき》で、だからこそ面白《おもしろ》いともいえるのだが。

こんなとき、勾陣《こうちん》がいてくれればいいのにと、太陰は胸の中で呟《つぶや》いた。気負う彰子に自分ではうまい言葉がかけられない。勾陣はそういった場面での運び方や気の遣《つか》い方がうまいから、少しは彰子の重荷を減らせるのではないかと思うのだ。

しかし、現実には勾陣はこの場にはいない。太陰にできることをしなければ。

「まだ、卯《う》の刻を半分過ぎたくらいよ。わたしがここにいるから、姫は少し横になりなさい」

「でも……」

「いいから。……わたしは神将だから、特に休まなくても平気なのよ。姫は人間なんだから、休まなきゃいけないときはそうしなきゃだめよ」

ぴしゃりと言い渡《わた》されて、彰子は観念したように息をついた。

脩子の隣《となり》に敷《し》かれていた茵に横になる。袿を喉元《のどもと》まで引き上げて、彰子は目を閉じた。

だが、神経が昂《たかぶ》っているためか、眠ることができない。

雨が降っている。

ふたりの少女の枕元《まくらもと》に降りた太陰は、抱《かか》えた膝《ひざ》に顎《あご》を乗せた。神将は特に睡眠《すいみん》は必要ないが、気を張り詰《つ》めていると疲れることは疲れる。しかし、それを見せてはならない。

風音も、六合《りくごう》も、晴明も、いまこの瞬間《しゅんかん》も一睡《いっすい》もせずに神経を張り詰めている。

万が一再襲撃《さいしゅうげき》があった際に、いつでも迅速《じんそく》に応戦できるように。

「……ね、太陰…」

太陰は瞬《まばた》きをした。

横になって目を閉じている彰子が静かにつづける。

「私ね……、昌浩と、離《はな》れたほうがいいと、思ったの」

太陰は軽く目を瞠《みは》った。彰子はぽつぽつと言の葉を紡《つむ》ぐ。

「そのほうがいいと、思ったの。本当に」

そばにいることがつらい。彼の傷ついた顔を見ることが。それ以上に、無理に作った彼の笑《え》みを見ることが。

本当に本当につらくて。自分がそばにいることで昌浩を追い詰めてしまうことがつらくて。

だから、伊勢《いせ》に赴《おもむ》くことを了承《りょうしょう》した。離れて、心が落ちつくまで、猶予《ゆうよ》がほしかった。

けれども、気づいてしまった。

「……私がいると、昌浩を追い込んでしまう。そう思ったの」

「姫、それは…」

「でもね……」

言いかけた太陰をさえぎって、目を閉じたまま彰子は言った。

「本当は、そうじゃなかった。私が、つらかったから。そばにいることがつらくて、……昌浩じゃない。私が、つらくて。……伊勢に、逃《に》げてきたんだわ」

相手のためだと言いながら、本当は自分のためだったのに。

真実を自覚することが恐《おそ》ろしくて、つらくて、目を背《そむ》けて。局面に到《いた》ってさえも、相手ではなく自分の矜持《きょうじ》を守ろうとしていた。

「…………」

太陰は驚《おどろ》いた。彰子の口からそんな台詞《せりふ》が出てくるとは。

言葉のない太陰に、彰子は淡々《たんたん》とつづける。

「なのに……、自分から逃げたのに……」

彰子の声が揺れる。

そのときになってようやく太陰は気がついた。彰子は、太陰に語っているのではない。自分自身に向けて、言っているのだ。

「……命が危ないときに、思うのは、昌浩のことなのよ……！」

たまらなくなった様子で、彰子は両の手で顔を覆《おお》った。

「足手まといになりたくないの。それは本当。でも、助けてほしいの。それも本当。そばにいないのに、わかってるはずなのに、どうしても……」

護《まも》るよと、言ってくれた。離れても、二度と会えなくなっても、それでも、俺が護るよと。

一年前の冬の日に、御簾《みすご》越しに聞いたあの誓《ちか》いは、いまも色褪《いろあ》せることなく彰子の心に刻まれている。

だが、こうも考えられる。その誓いは、昌浩の心を縛《しば》るものでもあるのだ。

二度と会えないと思ったからこそ、彼は誓った。

だからこそ、思う。昌浩を追い込んだのは、やはり自分なのだと。

できることをしたいと、いつもいつも考えていた。それは、自分の居場所を得たかったからだ。足手まといになりたくないと思って、あの場所にいられる理由がほしかったからだ。

異邦《いほう》の妖異《ようい》に操《あやつ》られて、昌浩を刺《さ》した。そのことが負い目になっている。ずっとそれから目を背けてきた。背けて、自分なりの別の理由を探した。必死だった。

「……嫌《きら》われたく、なかったの……」

昌浩に。晴明に。安倍家のひとたちに。神将たちに。

太陰は、それこそ絶句した。

「……え……？」

なぜ、そんなふうに思うのだろう。

昌浩は、彰子を大切にしている。晴明とてそうだ。天命を違《たが》えてしまった左大臣家の一の姫。不憫《ふびん》に思うことはあっても、嫌うことなどありえまい。吉昌夫妻《よしまさ》とて同じはず。確かに露樹《つゆき》は細かい事情は知らないが、晴明が連れてきたことで深い事情があるのを察したことだろう。それに、彰子は安倍家に馴染《なじ》むため、涙《なみだ》ぐましい努力を重ねてきた。それは、十二神将たちの目にも好意的に映った。

どうしてそのような発想に到るのか、太陰には理解できない。

だが彰子は本気でそう思っているのだ。声音《こわね》には真しかない。本気でそう思ってきたから、あれだけ必死で努力してきたのだろう。

「嫌われたくなくて、頑張《がんば》ったの。頑張って頑張って。重荷にならないように、足枷《あしかせ》にならないように」

誰のためでもない。すべては自分のためだった。

「なのに、どうしても、昌浩に頼《たよ》ってしまうの。それがたまらなく、嫌《いや》なのに……」

顔を覆ったままの彰子は、それきりふつりと口を閉《と》ざした。

太陰はひどく狼狽《ろうばい》した。

彰子の告白を聞いたのは自分だけだ。何か言葉をかけなければいけない気がする。少なくとも、ここで何も言わなかったら、彼女が益々《ますます》追い詰められてしまうのではないかと、頭のどこかで警鐘《けいしょう》が鳴っている。

だが、何を言えばいいのだろう。太陰には、彰子の心が理解できない。人間の心というものが、理解できない。

晴明ならばわかるのだろう。ここにいない勾陣だったら、太陰よりもはるかに的確に、彼女の心の動きを読めるに違いない。

どうして、いまここにいるのが自分なのだろう。

混乱する太陰の耳に、そのとき幼い声が飛び込んできた。

「……あのね……」

太陰ははっとした。それまで眠《ねむ》っていたはずの脩子が、ぼんやりと目を開けている。

幼い皇女は、屋根裏を見上げたまま、訥々《とつとつ》と言った。

「むかえが、くるわ……。きたら、わたし、いく……」

「迎《むか》え……？」

思わず繰《く》り返す太陰に目もくれず、脩子は半分眠っているような声でつづける。

「よばれたから、いくんじゃないの……。わたしがいくって、きめたから、いくの……」

それだけを告げて、脩子はふうと目を閉じた。そのまま、規則正しい寝息《ねいき》が聞こえ出す。

太陰は脩子の顔を覗《のぞ》き込んだ。

すっかり眠っている。起きたわけではなかったのか。寝ぼけていたのだろうか。

だが、それにしてはいやにはっきりと、言葉を発していたように思えた。

しばらく脩子の様子を窺《うかが》っていた太陰は、顔を覆っていた彰子が身じろいだのに気づいて目を向けた。

はっとしたような面持《おもも》ちで、彰子は自分の両手を見つめていた。

瞬《まばた》くことを忘れたかのようだ。

「彰子、姫……？」

そうっと声をかけると、彰子はゆるゆると呟《つぶや》いた。

「呼ばれたから、行くんじゃ、ない……」

私が行くと、決めたから。だから、ここまで来た。

逃げたかったのは本当だ。大義名分がほしかった。けれども、自分が役に立てるならと、思ったことも真実。都を離れる内親王のために、自分でなければならないならばと、心を決めた。

彰子の眦《まなじり》に、しずくが滑《すべ》り落ちた。

「…………」

雨が降っている。その音に、吐息《といき》がとけているようだと、太陰は思った。

黙《だま》ったまま涙を流していた彰子は、やがて静かに口を開いた。

「……離れるって、決めたのよ」

「うん」

「でも、……会いたいの」

「うん…」

「そばにいたらつらいのに、それでも、会いたいの……」

「……うん……」

相反していることは、わかっている。

こんな自分では嫌われてしまうかもしれない。

昌浩の顔を見るのがつらくて、傷ついた背を見送ることがつらくて。昌浩がつらいだろうと思う以上に、自分自身が、本当に本当に、つらくて。

なのに、いま痛切に、会いたいと思う。ただ、会いたいと。

目を閉じて、彰子は繰り返した。

「……昌浩に、会いたいの……」


脩子と彰子の部屋の外で、風音は端座《たんざ》していた。その傍《かたわ》らには、六合が隠形《おんぎょう》している。

風音は耳がいい。室内で交《か》わされていた、神将と彰子の会話を聞くともなしに聞いていた。

十二神将太陰が狼狽しているのが、手に取るようにわかる。

目を伏《ふ》せて、風音は手のひらをきゅっと握《にぎ》った。

複雑な人間の心の動き、相反して錯綜《さくそう》する想《おも》いは、十二神将が理解するには時間がかかるかもしれない。神将たちは神の末席に名を連ねる。神は、人間ほど繊細《せんさい》な心の動きをしていない。

それは、神将たちに非があるわけではなく、そういうものだからだ。

彼女の面差しに翳《かげ》が落ちたことに気づき、六合が顕現《けんげん》した。

風音の横に片膝《かたひざ》を折り、落ちかかる髪《かみ》に隠れた頰《ほお》に指を添《そ》える。

一度瞬《まばた》きをして、風音は目線をあげた。黄褐色《おうかっしょく》の瞳《ひとみ》が静かに見つめてくる。

「……泣いて、いるのかと」

抑揚《よくよう》のない短い言葉に、風音は薄《うす》く笑って小さく首を振《ふ》った。

「いいえ。……思い出しただけ」

「なにを」

「騰蛇《とうだ》に、謝らなきゃと、思ってたときのこと」

会わなければと。向き合わなければと。しかし同時に、逃《に》げ出したかった。

震《ふる》える足で騰蛇の許《もと》に赴《おもむ》いた。決して振り返らない背に言葉をかけるのに、どれほど勇気がいったことか。

嫌われたくなくて、必死で自分の居場所を探す。それも、風音には覚えのある感情だ。

「…………ひとつ、訊《き》いてもいい？」

尋《たず》ねると、六合は無言でつづきを促《うなが》してきた。表情には乏《とぼ》しいのに、こういうときの僅《わず》かな瞳の動きは鮮《あざ》やかだと思う。

「私が、嫌《きら》われたくなくて、無理をしていたら、彩煇《さいき》はどう思う？」

虚《きょ》をつかれた様子で、六合は軽く目を瞠《みは》った。

風音は小さく笑う。そう、彰子の感情は、自分にもあるもの。おそらく、人間ならば誰もが持っているものだ。自分は半分だけしか人間の血を引いていないけれど。

しばらく黙考《もっこう》していた六合は、やがて淡々《たんたん》と答えた。

「……無理をしなければ嫌われると、思われていることが、………」

六合の眉間《みけん》にしわがよった。言葉を探しているのがわかる。

「不愉快《ふゆかい》？」

「いや」

即座《そくざ》に否定して、六合は瞬きをした。

「……あえて言うなら、……寂《さび》しい、かもしれない」

風音は目を細めた。悔《くや》しいでも、悲しいでも、苛立《いらだ》たしいでもなく、寂しいと。

嫌われたくないと思うのは、相手を信じていないからだ。相手が見せている表情や言動、心の動きを、疑っているからだ。

六合の手に自分のそれを添えて、風音は目を閉じた。

「そうね…、寂しい。信じてもらえていないのは、寂しい。……だって、大切だと、全身で伝えているはずなのに」

安倍晴明の後継《こうけい》である昌浩の姿を思い起こす。

彰子はあの子どもに嫌われたくないのだ。本当に大切で、かけがえのない相手だからだろう。だから、ひどく臆病《おくびょう》になる。

自分もそうだ。目の前にいるこの男にもし拒絶《きょぜつ》されたら、絶望するだろう。

だが、彼は絶対に自分を拒まない。それを信じられるから、心のすべてを預けることができる。そしてそれ以上に、心を預けてほしいと願う。

騰蛇のために命を捨てようとした昌浩だ。彰子のためにも同じようにするだろう。彰子もまた、昌浩のためにあれほど自分を追い込んでいる。

それほどに互《たが》いを想いあっているのに、自分たちの心に囚《とら》われて、一番大切なことを見失ってしまっている。

「あの子に、教えてあげられるかしら」

風音の呟きに、六合は答えない。ただ、彼女の頭をぽんと軽く叩《たた》いた。幼子にするように。

思わず苦笑《くしょう》して、風音は肩《かた》をすくめる。時に彼はとても不器用だ。

昌浩のことも話を聞いている。昌浩も、彰子も、いまは袋小路《ふくろこうじ》に迷い込んで、自分の感情を持て余し、翻弄《ほんろう》されている。自分自身で抜《ぬ》け出さなければならないが、抜け出すためには助けが必要なのだろう。

彰子のそばにはいま、自分がいる。彼女の抱《かか》えているものについても、六合がぽつぽつと教えてくれた。それはおそらく、神将たちにも晴明にもどうにもできない彰子の心に、救いの手を差しのべてほしいということなのだろうと風音は受け取った。

もしかしたら違《ちが》うかもしれない。ひとは、自分の中にあるものでしか相手の真意を測れない。自分にないものを相手が持っていたら、それを正確に理解することは非常に難しい。

だが、違っていたならそれを指摘《してき》されるだろう。何も言われなければ、それは概《おおむ》ね間違っていないということでもある。

「私にできることがあるなら」

それは、言葉だけを捉《とら》えれば、彰子が常に口にしてきた台詞《せりふ》だ。だが、そこにこめられているものに差異がある。それがわかれば、彰子は迷路《めいろ》を抜け出せるだろう。

ふと、風音は瞬きをした。小さな足音が近づいてくる。

六合が身を翻《ひるがえ》し、立ち上がる。

同時に、人影《ひとかげ》が角を曲がってきた。

「晴明殿」

やってきた安倍晴明は、端座した風音と、その傍らにいる六合を交互《こうご》に見やった。

「姫宮様方のご様子は、いかがかと思いましてな」

足を進めてくる老人の目許《めもと》に疲労《ひろう》の色を見て取り、風音は眉根《まゆね》を寄せた。

「いまはふたりとも休んでいます」

中には神将の太陰と鴉《からす》の嵬《かい》がいる。それに、決して侵入《しんにゅう》できないように、何重にも結界を張った。物理的な襲撃《しゅうげき》があったとしても、しばらく時間を稼《かせ》げるはずだ。

虚空衆《こくう》というあの謎《なぞ》の一団について、風音たちは未《いま》だに何も摑《つか》めずにいる。

晴明は大きく息をつき、風音と六合の前に膝《ひざ》を折った。腰《こし》を下ろした老人の面差しは、やつれているように見えた。

「晴明殿、ここは私たちに任せて、休んでください」

風音の言葉に、しかし老人は頭《かぶり》を振る。

「さすがに、道反の姫だけを働かせて休むわけには参りますまい。そちらの小さな守護妖《よう》が知ったら、大変なことになるでしょう」

「そんなことは言わせません」

「確かに、私には何も言わぬでしょうが……」

言い差して、晴明は式神を一瞥《いちべつ》する。神将の瞳に、かすかな疲労の色が宿った。

「私や風音殿には何も言わぬ代わりに、これにその鬱憤《うっぷん》のすべてを叩きつけそうですからなぁ」

風音はぐっと押し黙《だま》った。否定できない。

喉《のど》の奥で小さく笑い、晴明は腕《うで》を組んだ。

「磯部《いそべ》の者たちもみな、心休まらぬ様子です。横になっていても、かすかな物音ひとつで身を震わせております」

一刻も早く伊勢国へと、誰もが念じているのが伝わってきた。

伊勢に入れば危険なことはなくなると、磯部守直《もりなお》が言っていたことを思い出す。

ふいに、背後の室内に留《とど》まっていたはずの神気が移動してきた。

隠形《おんぎょう》していた太陰が、情けない顔でふたりの横に降り立つ。

「太陰」

目をしばたたかせる晴明に、太陰は複雑な面持《おもも》ちで言った。

「晴明、訊きたいことがあるの」

「うん？」

首を傾《かたむ》ける老人に、太陰は苦しそうな顔を見せた。

「わたし、彰子姫のことが大好きなのよ」

「……、うん。そうだろうな」

反応が遅《おく》れたのは、意表をつかれたからだ。

何を言い出すのかと目を丸くしている晴明に、眉間にしわを寄せた太陰はまくし立てる。

「わかってくれてると思ってたのに。嫌われたくないって、どうしてそんなこと思うの？　どうしてわたしたちが嫌うかもしれないなんて、そんなこと思うの？　わたしたちがそんなふうに思わせたの？　どう言えば、そんなことないんだって、ちゃんと伝わるの？」

「……彰子様が、嫌われたくないって、そう仰《おっしゃ》ったのか？」

顔をくしゃくしゃにして、太陰はうつむいた。

「そんなふうに、なんで思うのよぉ……」

うつむいたまま拳《こぶし》を握《にぎ》り締《し》めて、太陰は肩を震《ふる》わせた。

「太陰や」

「晴明、悔しい」

「うん」

「なんでそんなふうに思うのか、わからない」

「うん」

「わからないことが、すごく、悔しい……」

晴明は手をのばして、幼い形《なり》の神将の頭を撫《な》でた。太陰はぺたりと膝をついて、膝の上に固めた拳を置く。

わからないことが悔しくて、そんなふうに思わせてしまったことが悔しくて。

それ以上に、そんなふうに思われていたことが、寂しい。

「……わたし、わかった気がする」

うつむいたまま、太陰はぽつりと言った。

「昌浩も、姫も、無理をしてる。だから、あんなに自分を追い詰《つ》めて、苦しいんだわ」

晴明は瞬《まばた》きをして、ふっと微笑した。

「……そうだな。太陰の言うとおりだ」

「無理しなくたって、いいのよ」

「うん」

向上心は大切で、気遣《きづか》いや思いやりも必要だ。だが、過ぎてしまえばそれは、自らを縛《しば》る足枷《あしかせ》となり、己《おの》れを押し潰《つぶ》すほどの重荷となる。

「昌浩も、彰子姫も、そのままでいれば、いいのよ」

だが、それがわからないから、あれほどにつらいのかもしれない。

太陰は初めて、昌浩たちが抱えている痛みの根幹に、たどり着けたような気がした。

2

辰《たつ》の刻に入った。

身支度《みじたく》を整えた磯部守直は、脩子の休む部屋にほど近《ちか》い局《つぼね》にいた晴明の許《もと》を訪《おとず》れた。

「晴明殿、昨夜はありがとうございました」

手をついて丁寧《ていねい》に一礼する守直に、晴明は頭を振《ふ》った。

「いえ、礼ならば、我が式神たちに」

通常であれば隠形したまま姿を見せることのない十二神将たちである。それが顕現《けんげん》して戦う様を目《ま》の当たりにできたことは、ある意味では僥倖《ぎょうこう》だった。

「晴明殿あればこそでしょう。晴明殿が命じてくださったからこそ、式神は我らを守るために働いてくれたのではないかと」

晴明は苦笑《くしょう》して頭をひとつ振った。そんなことはないと、言い切れないのは確かだ。

晴明が命じなければ、十二神将たちは無関係の人間に手を貸すことをしない。それは徹底《てってい》している。

神の矜持《きょうじ》だろうか。

「後ほど、姫宮様のご様子を窺《うかが》い、できるだけ早く出立いたします」

守直の言葉に、晴明はさすがに目を剝《む》いた。

「なんですと?」

「ことは一刻を争います。できるだけ早急に国境《くにざかい》を越え、伊勢に入らなければ」

「守直殿、お待ちを」

手をあげる晴明に、しかし守直はたたみかける。

「時間がありません。伊勢に入りさえすれば、神のご加護があるはず。姫宮様の御為《おんため》にも…」

「守直殿」

厳しい語調に、さしもの守直も押し黙った。

晴明は剣呑《けんのん》な面持ちで伊勢斎宮寮《さいぐうりょう》の官人を見据《みす》えた。

「なぜそれほどに急がれる。確かに、姫宮様の伊勢入りは一刻も早いほうが望ましい、それはわかっております。ですが、昨夜の件で負われたであろう心痛を思うと、急《せ》かすのはあまりにも酷《こく》というもの。姫宮様は御年五つ、未《いま》だ幼くあらせられますぞ」

守直の表情が強張《こわば》った。

唇《くちびる》を引き結んでしばらく思案していた守直は、やがて眉根を寄せてうつむいた。物言いたげなその姿に、晴明は静かに尋《たず》ねた。

「ひとつ、伺《うかが》ってもよろしいでしょうか」

「……なんでしょう」

「昨夜、この垂水《たるみ》の仮宮を襲撃してきた、虚空衆と呼ばれていた者たちは、一体何者なのですか？」

守直の肩《かた》がぴくりと反応した。

「貴殿《きでん》は、あの者たちが襲《おそ》ってくることを予見していたようにお見受けした。虚空衆だけでなく、益荒《ますら》と呼ばれていた青年や、女房《にょうぼう》に身をやつしていた阿曇《あずみ》という白い女についても、ご存じならばお聞かせ願いたい」

淡々《たんたん》とした語調だったが、言葉の裏には容赦《ようしゃ》のない響《ひび》きがある。ここで答えなければ、稀代《きたい》の大陰陽師はてこでもこの仮宮を動かないだろう。

だが。

「…………」

しばらく逡巡《しゅんじゅん》していた守直だったが、一刻も早く内親王を伊勢にという使命感が勝ったようだった。

諦《あきら》めたように息をつき、近くに誰もいないかどうかを注意深く確かめると、晴明の前に膝《ひざ》を正した。

「……これよりお話しすることは、伊勢の磯部一族の中でも、ごく一部の者しか知らないことです。くれぐれも、他言は無用で」

「……我が配下の式神たちは、隠形《おんぎょう》させたままでよろしいですか」

守直は肩をすくめた。

「そのものたちにも他言は無用であると、言い渡《わた》してくださるならば」

主である晴明が命じれば、いたずらに吹聴《ふいちょう》することなどないだろう。

そう結論付けて、守直は念のためもう一度背後の様子を窺った。

「随分《ずいぶん》と、慎重《しんちょう》ですな」

感心したそぶりの晴明に、守直は困惑《こんわく》気味の笑《え》みを向けた。

「何しろ、神宮《じんぐう》に仕える神官たちにも知らされないような秘事ですので」

晴明は瞠目《どうもく》した。

よもやそこまで大事だとは、さすがに考えていなかった。

果たして聞いてしまっていいのだろうか。ここにきて、そんな疑問が頭をもたげてくる。

「晴明殿?」

訝《いぶか》る守直に、老人は確認《かくにん》した。

「わしが聞いてしまっても、本当によろしいのですかかな?」

「構いませんよ。貴殿は陰陽師。陰陽師ともなれば、他者には死んでも言えないものをお持ちでしょうし。それと同列に扱《あつか》っていただければ」

晴明は無言で首肯《しゅこう》した。そこまでわかっているならば、言うことは何もない。

陰陽師の抱《かか》えるものは、ひとには言えないものが大半だ。一生胸の奥に封《ふう》じ込めて、冥府《めいふ》まで持っていくだろうことが、うんざりするほどあるものなのだ。

「実は…」

口を開きかけた守直を、老人の手がさえぎる。

「少々お待ちを」

結印して、口の中で小さく呪文《じゅもん》を唱える。

ほどなくして、彼らふたりだけを取り囲む結界が完成した。

気配に気づいたのか、守直は四方を見回している。

「さて、これで誰かに聞かれることはありますまい」

「なるほど」

感心した風情《ふぜい》で目を細め、守直は居住まいを正した。

「……昨夜襲ってきた者たち、虚空衆は、古くから存在している戦闘《せんとう》集団です」

晴明は頷《うなず》いた。

考えてみると、守直とさしで話をすることは初めてなのだ。晴明のそば近くには大中臣春清《おおなかとみのはるきよ》がいることが多く、守直は姫宮の近くにいることがほとんどだったため、あまり接点がなかったのである。

「晴明殿は、伊勢海《いせのうみ》に浮《う》かぶ島の話を聞いたことは？」

「伊勢海の、島……？」

頷き、守直はちらと背後を顧《かえり》みた。用心するのはもはやくせなのだろう。誰にも聞かれないと頭では理解できていても、無意識に注意を払《はら》っている。

それほどに大事だということだ。

晴明は膨大《ぼうだい》な知識を持っている。その自負もある。だが、己《おの》れが世界のすべてを知り尽《つ》くしていると は決して思わない。彼の知らないことはたくさんあり、知らないということを知っていなければ、驕《おご》ってしまう。自分は何もかもわかっている、知っていると思うのは、傲慢《ごうまん》以外の何ものでもない。

若い時分にも、振り返ってみれば晴明は、己れが何もかもをわかっていると思ったことは、なかった。そういう意味では謙虚《けんきょ》だったのかというと、そういうわけでもない。単純に、何にも興味がなかっただけの話だ。

「海津《あまつ》島という島です。そこには隠《かく》れ宮がある」

「隠れ宮？」

「はい」

守直は、次の言葉を発するまで僅《わず》かに逡巡した。晴明は黙《だま》って、彼が口を開くのを待つ。

「……影《かげ》伊勢とも言うべき、神の宮。海津《あまつ》見宮《みのみや》と呼ばれています」

さしもの晴明も、虚《きょ》をつかれた顔をした。

「影伊勢……？」

思わず繰《く》り返す。

『元伊勢《もと》』ならば知っている。天照大御神《あまてらすおおみかみ》が現在の内宮《ないくう》に鎮座《ちんざ》ましますまで、様々な地を転々としたのだ。その折に、僅かな期間天照大御神が留《とど》まった地を、『元伊勢』と呼ぶ。

「元伊勢とは、違《ちが》うのですな？」

念のため確認をすると、守直は真剣《しんけん》な面持ちで頷いた。

「もちろん、違います。影伊勢というのは、近世に作られた仮称《かしょう》に過ぎません。伊勢の神宮に対して、その影《かげ》のように存在している宮という意味です」

影のように存在している、宮。

伊勢に祀《まつ》られているのは、この国の最高神である天照大御神である。その神を祀る神宮に対するとは、いったいどういった宮なのだろうか。

「神宮においても、海津見宮のことを知っている者はごく僅《わず》か。磯部の直系にのみ伝わっています」

磯部氏は、古くから神官職を担《にな》ってきた。伊勢の神官として名の知られている荒木田《あらきだ》氏や度《わた》会《らい》氏よりも、その歴史は古い。

「海津見宮には、伊勢の度会氏から分かれた度会の者たちがおります。といっても、分かれたのはもう随分昔ですから、もはや血縁《けつえん》とは言いがたいほど、血は薄《うす》まっているでしょうが…」

晴明の眉間《みけん》にしわがよった。閉《と》ざされた島では、ほかに選択《せんたく》の余地がないため血族婚《こん》が進み、血が濃《こ》くなりすぎてしまうのではないだろうか。

老人の表情からそれを読んだのか、守直は首を振《ふ》った。

「海津島では近親の血族婚は固く禁じられているので、心配はありません。必要があれば、神宮に仕《つか》える我々の氏族が、海津島に人を送ります」

その時、守直の目に翳《かげ》が宿った。晴明はそれに気づいたが、守直がすぐにその色を打ち消したので、触《ふ》れることはしなかった。

「島には、神が降りるのですよ、晴明殿」

晴明は瞬《まばた》きをした。

「神？」

問い返す老人に、三十路《みそじ》に近い男は厳《おごそ》かに告げた。

「そう。天照大御神の、さらに上位に坐《まします》神が」

「天照の、上位…？」

言葉を失って、晴明は守直をしげしげと見つめた。

年の頃《ころ》は、孫の成親《なりちか》に近いはずだ。たしか、同年程度だと、出立の折に世間話のようにして聞いた記憶《きおく》がある。

成親も相当色々なものをくぐり抜《ぬ》けているため、年に似合わぬ凄《すご》みを持っているが、守直もまた、年齢《ねんれい》に加味された何かがあるようだ。

抱えているものがあるのではないかと、晴明は唐突《とうとつ》に思った。

守直は淡々とつづける。

「神の降りる、神の坐《いま》す島。神宮に朝廷《ちょうてい》から派遣《はけん》されてくる役職だけの神官たちは、もちろんその存在を知りません。我々も、それを伝えるつもりは毛頭ない。もし伝えれば、神宮の権威《けんい》は失墜《しっつい》します」

語調は淡々《たんたん》としたものだったが、その内容は恐《おそ》るべきものだ。さしもの晴明も、背筋に冷たいものを感じた。

「この長雨は、天照大御神にも止められません。さらに上位の神がかかわっておられる」

「守直殿、しばし」

手をあげて、晴明は守直をさえぎった。衝撃《しょうげき》が大きすぎて、頭が混乱している。

守直の言葉に偽《いつわ》りはない。また、そこに誤りもない。

話を聞いて、腑《ふ》に落ちた。頭ではなく、魂《たましい》の奥深くに、足りなかった欠片《かけら》がかちりと音を立ててはまったような、そういった感覚だ。

それは、澱《よど》みも曇《くも》りもない人間であれば、誰しもが感じることのできるものである。

陰陽師は勘《かん》がいいといわれるが、それは実は陰陽師に限ったことではない。心を研《と》ぎ澄《す》ませれば、誰もが得られるものなのだ。陰陽師は心を研ぎ澄ますための術《すべ》を知っていて、日々それを行使しているに過ぎない。

別に隠しているわけではない。聞かれないから教えないだけだ。陰陽寮ではそれを教えているはずだが、学んだものがそれを実行できているかどうかで、実力に差が出る。

陰陽生の藤原敏次《ふじわらのとしつぐ》は、生来の見鬼《けんき》の才を持たない。だが、学んだことをきちんと実行し、さらに自己研鑽《けんさん》を積んでいるからこそ、藤原氏でありながらあれほどの実力を持つに到《いた》ったのだ。

安倍氏に生まれた者たちは、物心つく前から基礎《きそ》を学んでいる。それは安倍氏にとってはごく当たり前のことなので、あえて口にしないだけなのである。

三度ほど深呼吸をして、晴明は感情を落ちつかせた。

「……失礼した」

「いえ。突然《とつぜん》の話ですから、驚《おどろ》かれるのは無理からぬことです。神祇大副《じんぎたいふ》も、このことはご存じない」

晴明は目を瞠《みは》った。

「では……」

「神祇伯《はく》にも、伝わってはおりますまい。都でこのことを知っているのは、帝《みかど》のみ」

「………」

老人の面持ちから血の気が引いていくのを見て取り、守直は苦笑《くしょう》した。

「晴明殿ともあろう方でも、驚かれるのですね」

政《まつりごと》の中枢《ちゅうすう》にかかわる陰陽師ともなれば、裏の世界をいやというほど見てきたはずだ。それこそ、彼が胸のうちに秘《ひ》めていることを口にすれば、国が転覆《てんぷく》するのではないかと思えるほどに。

そうつづけると、未《いま》だに青ざめた顔で、老人は薄く笑った。

「……よく、ご存じでおられる」

「磯部も、そういった意味では陰の部分を担っていると言っても、過言ではないので」

そう告げた守直の面差《おもざ》しに、凄みが加わる。しかしそれは瞬時《しゅんじ》に霧散《むさん》した。

陰の部分を語る際、それを持つ者たちは普段《ふだん》とはまったく別の顔を見せるものだ。

「天照大御神は、実は高天原《たかまがはら》の最高神ではない。その事実を、人々はほとんど知らない。天照大御神は、皇祖神であり太陽神である前に、この世界の最高神に仕える巫女《みこ》神という立場にあられる」

古来から伊勢にてその血脈を連綿とつなげてきた一族の男は、静かに笑った。

「その神とは……」

それは、天照大御神誕生以前の神だ。

「ご存じでおられましょう。——天御中主神」

「………！」

確かに知っている。だが、よもや、この件に天御中主神が絡《から》んでくるなどとは、考えてもみなかった。

天御中主神は天地開闢《てんちかいびやく》の直後に現れた。この世界そのものであるという原始の神だ。

外《と》つ国にも同じような位置づけの神が別名で存在しているというが、それも名が違うだけで同じものである可能性が高い。

「巫女神たる天照大御神の神勅《しんちよく》は、天御中主神の意向を人々に伝えるためのものです。天御中主神は、あまりにも高位の神格であられるゆえに、滅多《めつた》なことではその神威《しんい》を我々の前にお示しにならない」

神々の住まう高天原に、天御中主神は存在していない。その神は、すべての内にあるからだ。

「我が一族に伝わる、神の祭文があります。――我は天に在り、地に在り、人に在り」

木に在り火に在り土に在り、金に在り水に在り。生きとし生けるすべてに在りて、命の息吹《いぶき》を司《つかさど》る。我は天御中主神。原始の光と同一のものである。

神の名は、そのまま神咒《かじり》である。神咒とはもっとも短い呪文《じゆもん》だ。『天照大御神』は十言神咒《とことのかじり》と呼ばれる。

「神の名に宿る神威は、その神が高位であればあるほど、上位であればあるほど、強大なものとなる。『天照大御神』をはるかに凌《しの》ぐ神咒が『天御中主神』です」

その名を三度《みたび》唱えれば、闇《やみ》に連なるもの、禍《わざわい》をなすもの、魔性《ましよう》のもの、それらすべてがひれ伏《ふ》し、また退けられるという。

「……」

晴明は黙然《もくぜん》と頷《うなず》いた。

たとえば、貴船《きふね》の祭神　高龗神《たかおかみのかみ》。その名こそが絶大な力を持つ言霊《ことだま》である。言霊は、一文字違《たが》えただけでも効力を失う。ゆえに、違えてはならないもの。

貴船の祭神は、晴明や昌浩に、己《おの》れを『高淤《たかお》』と呼ぶことを許した。通常神は、名を変えられることをひどく嫌《きら》う。にもかかわらず、特別な呼称《こしょう》を許したことには、深い意味がある。

「高天原の最高神として、また皇祖神としての天照大御神を祀《まつ》る伊勢の神宮《じんぐう》に対し、海津島の海津見宮は、巫女神たる天照大御神を祀り、主祭神として天御中主神を祀るのです」

そこで一旦《いったん》言葉を切り、守直は息をついた。

必要だからとはいえ、この秘事を漏《も》らすことに罪悪感がある。

一度深呼吸をして、守直は居住まいを正した。

「内親王脩子様を伊勢にお連れするに到った理由は、実は神勅だけではありません」

「なんですと？」

思いもよらぬ言葉に、晴明が目を瞠る。

「陽《ひ》の光をこの国に注ぐため依代《よりしろ》をこれへ持て、との天照の神勅を、貴殿《きでん》こそが携《たずさ》えてきたのでは」

「いかにも」

重々しく頷いて、守直は軽く目を伏《ふ》せる。

「神勅は確かです。突然のことであったため、それを伺《うかが》ったのは命婦《みようぶ》ひとりでしたが…、間違《まちが》いはありません」

巫女が神の託宣《たくせん》を降ろす際、その真偽《しんぎ》を確かめる審神者《さにわ》が必要となる。本来は神宮の神職が務めるのであるが、今回の神勅は斎宮寮《さいぐうりよう》の、斎宮の寝所《しんじよ》にて降りたため、斎宮の身の回りの世話役である命婦だけが聞いたのだった。

それゆえに、卜部《うらべ》の者たちに徹底《てってい》的に占《せん》じさせたのである。

亀卜《きぼく》は真を示していた。神勅は、真実天照坐皇大御神《あまてらしますすめおおみかみ》によるものであると。

「伊勢の神宮に姫宮様をお連れせよと、磯部の長老である祖父から命じられた際、もうひとつの下命がありました。決して島の度会に姫宮を渡《わた》してはならない」

伊勢の度会に対し、海津島に住む度会氏を、磯部の者たちは『島の度会』と呼ぶのだ。

「渡せば、地の底深くに眠《ねむ》る龍《りゆう》が暴れだす、と……」

それは、磯部の長老が独自に行った占に現れたものだという。

「島の度会は、彼らの決まりごとで動いています。彼らにとっては、帝も『巫女神の後裔《こうえい》』に過ぎない。皇家の姫である脩子様を、島の度会が狙《ねら》っているのです」

「それは、何ゆえに？」

晴明の疑問に守直は頭《かぶり》を振《ふ》った。

「さぁ…。彼らの真の狙いは、わかりません」

守直の瞳《ひとみ》が一瞬《いっしゅん》泳ぐ。晴明はそれを認めた。

「……わかりませんか、守直殿」

静かに問う。守直は一度瞬《まばた》きをした。

「島の度会の者たちが何を考えているのかは、彼ら自身でなければ正確なことはわからないでしょう」

晴明の直感は、守直の言葉に否《いな》と告げている。彼は何かを隠《かく》している。

海津見宮。巫女神である天照大御神と、その主とも言うべき天御中主神を祀る宮。

神の言葉を降ろすのは巫女だ。天御中主神の巫女が天照大御神。

何かが晴明の心に訴えている。見落としているものがあると。それが、守直が語ろうとしない事実につながっているのではないだろうか。

いまのままでは、早々に出立をと言われても、晴明はそれに応じることができない。

最優先事項《じこう》は脩子の身の安全だ。今上《きんじょう》の帝は、くれぐれも脩子を頼《たの》むと、晴明に頭をたれたのである。晴明には責任があるのだ。

天照大御神の神勅は、斎宮によってもたらされた。それは斎宮が巫女としての役割も担《にな》っているからだ。

最高神である天御中主神。滅多なことでは示されないという神威。では、それをもたらしたのは一体誰なのか。

そこまで考えて、ようやく晴明の頭にかかっていた霧《きり》が晴れた。

「守直殿、ひとつ伺《うかが》いたい」

「はい？」

「天御中主神の神勅は、一体誰が降ろすのでしょうな」

「………………」

守直の面差しに、はっきりとわかるほどの動揺《どうよう》が広がった。

伊勢には斎宮がいる。

度会は神職だが、巫女ではない。巫女だという言葉は、守直の口から聞かれなかった。

神の宮には必ず巫女が存在している。神の言葉を降ろすのは、穢《けが》れなき巫女の役割なのである。男性では、神勅を降ろすことは難しいのだ。

何故《なぜ》なのかは解明されていない。修行《しゅぎょう》を積んだ晴明でも、神をその身に降ろして天勅を伝えるということは困難だろう。

守直が視線をせわしなく動かしている。言葉を探しているのだ。

しばらく黙然と時を数えていた晴明は、磯部の直系が観念したように目を閉じたのを見た。

「……安倍晴明は油断がならないと、長老たちが言っていた意味が、わかった気がします」

嘆息《たんそく》とともに吐《は》き出された言葉が、晴明の癇《かん》に障《さわ》った。

「なんですか、それは」

目をすがめて唸《うな》る老人に、守直は意趣《いしゅ》晴《ば》らしだとでも言わんばかりの体でつづける。

「昔、辛酸《しんさん》を舐《な》めさせられたと、聞き及《およ》んでおります。何があったのかは、みな口を閉《と》ざして教えてはくれないのですが。一体何があったのですか」

本気で問うてくる守直に、今度は晴明が言葉を濁《にご》す番だった。

「……取り立ててお話しするようなことは、何も」

守直は晴明を見据《みす》えた。信じていない目だ。

しかし、三十路《みそじ》に届くか届かないかの若造にいくら睨《にら》まれても、晴明はまったく動じない。飄々《ひょうひょう》とした風情《ふぜい》で受け流している。

少しの間無言だった守直は、軽く嘆息して口を開いた。こうしていても、時だけがいたずらに過ぎていくばかりだ。

「晴明殿の仰《おっしゃ》るとおり、海津見宮には、天御中主神に仕える巫女《みこ》が存在しています。天御中主神の巫女たる天照大御神をその身に降ろす巫女」

日々、天御中主神に祈《いの》りを奉《ささ》げ、また、この国を支える神に祈りを奉げる神聖不可侵《ふかしん》の巫女。

「神の玉たる言霊を依《よ》らせるその巫女を、我々は玉依姫《たまよりひめ》と呼んでいます」

辰《たつ》の刻を四つ半過ぎた。

脩子の部屋の前に控《ひか》えている風音の許《もと》に、かつかつと音を立てながら黒い鴉《からす》が姿を見せた。

『姫、かようなところではお疲《つか》れになりましょう。ささ、どうぞ、中へ』

ばさりと片翼《かたよく》を広げる嵬に、風音は薄《うす》く笑って首を振る。

「大丈夫《だいじょうぶ》よ。姫宮たちは、まだ眠っているの？」

最愛の姫の問いに、鴉は大きく首肯《しゅこう》した。

『よほど疲れているのか、泥《どろ》のように眠ったままです。おかげで我も、腕《うで》の中から抜《ぬ》け出せたのですが…』

言い差して、鴉はふと身を翻《ひるがえ》した。

『……姫』

「どうしたの？」

几帳《きちょう》の向こうで休んでいるふたりの少女を、嵬は気にしている風情だった。

「嵬？」

しばらく黙《だま》っていた鴉は、漸《ようよ》うくちばしを開いた。

『我は、あの娘《むすめ》の言葉を聞いてしまいました』

それが何をさしてのものなのか、風音は正確に読み取った。眠る脩子の手の中に、嵬はずっといたのである。

『我は道反の守護妖《よう》であるゆえ、人間の心の動きなどは、わかりかねますが……』

涙《なみだ》を流しながら、何度も繰《く》り返していた。その悲痛な声が、ひどく印象的だった。

『会いたいと思うのならば、その心に従えばよいと、思うのです』

以前、声を封《ふう》じられて、言葉を封じられて。風音の近くで、すべてを知りながら何も伝えることのできなかった過去が、この鴉にはある。

『己《おの》れの望みをわかっているのに、涙しているのに、なぜそれをしないのかが、我には理解できぬのです、姫』

風音は手をのばして、鴉を抱《だ》き上げた。

黒い塊《かたまり》をそっと膝《ひざ》に乗せて、濡《ぬ》れたような色をした首から背にかけてを、ゆっくりと撫《な》でていく。

嵬は気持ち良さそうに目を閉じる。ずっと昔から、こうやって撫でてくれる風音の指は、嵬の宝物だ。最近は、それをあの十二神将が横取りしているのが、腹立たしくてならないのだが。

「……どれほど願っていても、それがかなわないと思ってしまったら、本当にかなわなくなってしまうということを、みんな知らないのよ」

彼女は、会いたいと言いながら、心のうちで、いいえ会えないと、それを即座《そくざ》に打ち消している。

「優《やさ》しい心のまま、素直《すなお》になれれば、いいのだけれど」

それは、本当に簡単で、恐《おそ》ろしいほど難しいことなのだ。

雨が降っている。

その雨足は、少しずつ強さを増していくのだった。

窓の向こうで明るくなった灰色の空を眺《なが》めて、風音は眉根《まゆね》を寄せた。

一刻も早く、伊勢に。天照大御神の神威《しんい》がもっとも色濃《いろこ》い彼《か》の地に。

だが、伊勢に到着《とうちゃく》したあとに、脩子は一体何をすればよいのだろうか。

再び神勅《しんちょく》がくだるのか。それとも、もう役割は用意されているのだろうか。

考えれば考えるほど、風音の胸中には不穏《ふおん》なものが広がっていく。

果たして、伊勢に向かって本当に良いのだろうか。

その傷は、心の中に存在している。

3

◆

◆

◆

闇《やみ》が広がっている。

昌浩は、自分がぼんやりと座っていることに気がついた。

「……あ、れ……?」

我に返って、辺りをのろのろと見渡《みわた》す。

どこまでも広がっている、荒野《こうや》だ。草の一本も生えておらず、ごつごつとした岩が点在しているのが、かろうじてわかった。

「……ここ、は……」

暗い。

「どこだろう……」

いつの間に、こんなところに来ていたのだろう。

左手でこめかみの辺りを押さえる。思考が散漫《さんまん》としていて、集中できない。

果たしてここはどこなのか。

しばらくそうしていると、記憶《きおく》にかかっていた霞《かすみ》が少しずつ薄れていった。

「……そうだ、伊勢に向かう途中《とちゅう》で…」

白い女と、見知らぬ青年が自分たちの前に現れた。そうして、ともに来いと、言われて。

それから、それから、それから。

少しずつ記憶を手繰《たぐ》っていく。兄の昌親と、物の怪《もののけ》がいた。雨がずっと降っていて、自分は気ばかりが急《せ》いて。

どくんと、胸の奥で鼓動《こどう》がはねた。

行かないと。伊勢に。追わないと。——誰を。

追って、追いついて、そして再会して、そのあとは、どうする。

そこで、いつも思考は止まる。

どくんと音を立てて、鼓動がはねる。それ以上考えるなと、警告しているかのように。

――……お前のそれは
耳の奥に、幼い子ども声が響《ひび》いた。子どもの声なのに、そこにはらまれているものは、ひどく大人《おとな》びている。

――心が壊《こわ》れるほどの傷
ひやりと、背筋を冷たいものが撫でた。胸の辺りを押さえた昌浩の面差《おもざ》しから、血の気がすうっと引いていく。まるで死者のような肌色《はだいろ》。

――ひとりでは、もう抱《かか》え込めない
抱えるには、心が血を流しすぎた。追い詰《つ》められて、自らを追い込んで、逃《に》げ場を失った感情が、己れ自身を切り裂《さ》く刃《やいば》と化するほどに。

胸を押さえたまま、昌浩は背を丸めた。息が苦しい。

だめだ。こんなところで立ち止まれない。立ち上がって、行かなければいけないのに。

行かなければと思うのに、ずっと思っているのに、足が動いてくれない。体が動いてくれない。

息を詰めてうずくまっていた昌浩は、誰かが近づいてくる足音を聞いた気がして、のろのろと顔をあげた。

「あにうえ…？」

闇の中から、誰かがこちらに向かってくるのがぼんやりと見えた。

一緒《いっしょ》にいたはずの、次兄《じけい》だろうか。その足元に、白い姿がないかを探す。しかし、それらしい影《かげ》は見当たらない。

物の怪はどこに行ってしまったのだろう。

訝《いぶか》っている昌浩の前までやってきた人影《ひとかげ》は、ひょいと膝を折って覗《のぞ》き込んできた。

まったく知らない面差しが、突然《とつぜん》視界に飛び込んでくる。

「……っ」

息を呑《の》んで後退《あとじさ》る昌浩を、その青年はしげしげと見つめた。

「……ふうん」

何やら得心のいった顔で、しきりに何度も頷《うなず》きだす。

昌浩は混乱しかけた。必死で平常心を保とうと心がけながら、全身で警戒《けいかい》する。

どことも知れない荒野に突然現れた青年。怪《あや》しいことこの上ない。

年の頃《ころ》は、長兄《ちょうけい》より幾分《いくぶん》か下、次兄と同じ程度だろうか。

相手の面差しに、親しみめいたものが浮《う》かんでいる。既知《きち》の人物だろうか。

記憶を手繰ってみたが、やはり会ったことも見たこともない顔だった。

烏帽子《えぼし》をかぶっておらず、髷《まげ》も結《ゆ》わない総髪《そうはつ》。まとってるのは少しくたびれた狩衣《かりぎぬ》で、年季ものののように思えた。

体を硬《かた》くしている昌浩を眺めていた青年は、腕《うで》を組んで息をついた。

「あーあ、こんなところにくる羽目になるとは、お前も大変だなぁ」

「……は……？」

こんなところと言われても、一体ここがどこなのかわからないのだから、答えようがない。

青年は立ち上がった。

「まぁ、仕方がないか。そんな傷じゃあ、ほかに行くところもないだろう。随分我慢《ずいぶんがまん》していたようだが、そろそろ耐《た》え切れないだろうしな」

「きず……」

鸚鵡返《おうむがえ》しに呟《つぶや》く。

あの少女も言っていた。昌浩の胸の辺りをさして、心が壊れるほどの傷だ、と。

茫然《ぼうぜん》と見上げてくる昌浩の様子に、青年は首を傾《かたむ》けた。

「うん？　……ああ、そうか。自覚がないんだな」

ふむふむと、しきりに頷きながら、青年はついと手をのばしてきた。

「言葉で言っても、たぶん納得《なっとく》できないだろう。来い」

昌浩は、黙《だま》ったまま少し身を引いた。素性《すじょう》の知れない相手に誘《さそ》われて、軽々しくついていけるわけがない。

警戒心を剝《む》き出しにしている昌浩に、青年は気分を害したふうもなく、逆に満足そうににんまりと笑った。

「よしよし。陰陽師にはそれくらいの慎重《しんちょう》さが必要だからな。さすがさすが。よくしつけられてるなぁ」

この上ないほど無邪気《むじゃき》に笑い、青年はもう一度昌浩を促《うなが》した。

「偉《えら》い偉い。というわけで、来い」

「というわけで、て……」

言葉がつながっていない。支離《しり》滅裂《めつれつ》もいいところだ。

ますます警戒を強くする昌浩に、青年は首を傾けてううんと唸《うな》った。

「さすがに担《かつ》いでいくわけにもいかないしなぁ。自分で立ち上がって、自分で歩かないと、連れていってやることができない。…………お前も、それをほんとはわかってるだろう?」

それまでの軽快さが、語気から突然消えた。

息を詰める昌浩に向けられる青年の眼差《まなざ》しが、深みを帯びる。

「このままじゃあ、誰もお前を助けてやれない。痛みを代わってやることもできないし、傷をふさいでやることも、いまのままじゃ難しい。お前はいま、傷があることにすら気づいていないからな」

「傷なんて、そんなもの……」

いったいどこに。

言いかけて自分を見下ろした昌浩は、引き攣《つ》れたような大きな傷が、左胸にあいていること

に気がついた。

どくどくと、鼓動が鳴るたびに、そこから赤いものが流れ出している。まとっている衣《ころも》は、流れ出した血で真っ赤に染まり、吸いきれずに滴《したた》らせている。

昌浩は辺りを見渡した。

自分のものだろう足跡《あしあと》があった。そして、そこに点々と滴った血痕《けっこん》。

胸を押さえていた両手は、真っ赤に染まっている。

昌浩は言葉を失った。

これはなんだろう。いつの間にこんな傷を負ったのか。これほどの傷を負いながら、どうして自分はいま平気でいられるのか。

ひどい出血だ。立って歩けないのも当たり前。それどころか、意識があることが不自然だ。

指の先からしずくが落ちる。胸の傷が、激しく痛み出した。

「……っ…」

傷を押さえて、昌浩は必死で止血の呪《しゅ》を思い出そうとした。だが思考がまとまらない。落ちつけば簡単に出てくるはずの呪が、どうしても思い出せない。

寒い。怖《こわ》い。

ここはどこだろう。この青年は何者なのだろう。自分は何をしているのだろう。

どくんと、鼓動が響いた。自分はここで、死んでしまうのだろうか。

たくさんの願いと、たくさんの誓《ちか》いと。それらがかなわぬまま、それらを果たせぬまま、ここで人知れず命を終えるのだろうか。

「………!」

たくさんの面差しが脳裏《のうり》に浮かんだ。寮《りょう》の人々、世話になった官人たち、ふたりの兄、両親、神将たち、祖父、そして。

せめて最期《さいご》にもう一度と、唇《くちびる》を噛《か》む。目頭《めがしら》が熱い。名を口にすることもできないほど、痛切に。突《つ》き上げてくるように。

「こらこら、勝手に覚悟《かくご》を決めるな」

昌浩を見下ろしていた青年が、慌《あわ》てて背を叩《たた》いてきた。振動《しんどう》が傷に響いて、昌浩は短くうめいた。

「おっと、すまんな。だが、そのおかげで少し頭が冷えたか? ん?」

昌浩は、のろのろと顔をあげた。にじみかかった視界に、青年が自分を見下ろす様が映っている。

たまらなくなって、昌浩は口を開いた。

「……だれ…?」

青年はうーんとひとしきり唸って、にんまりと笑った。

「それは…、ひ、み、つ」

人差し指を立てて、ひとことひとこと区切りながら煙《けむ》に巻《ま》く。

唖然《あぜん》としたまま二の句が継げない昌浩に、彼はもう一度手を差し出した。

「来い。お前はいま、ひとりじゃ、ここから帰れない」

完全に毒気を抜《ぬ》かれた昌浩は、目眩《めまい》を覚えながら緩慢《かんまん》に首を振《ふ》る。

「……うごけない…」

「動ける。痛いのはわかってる。だがな……あいつは、それでも立ち上がった」

青年の瞳《ひとみ》に、一瞬《いっしゅん》だけ強い光が見えた。

「泣きごとを言っていいから、立て。どうしてそんなに痛いのか、それを知らないままじゃ、お前は二度と立ち上がれなくなるからな」

立てなくなってもいいのかと、彼は昌浩に問いかけた。

昌浩はそれを、ぼんやりと聞いていた。

痛くて、苦しくて、胸の奥がずっと重かった。どうしてこんなに苦しいのか、それを考えられなくなるほどに、ずっとそれはそこにありつづけた。

考えれば考えるほど混沌《こんとん》として、ただひたすらに「勁《つよ》く」と、それを追い求めた。

昌浩はうなだれた。息が苦しくて、胸の傷が痛くて、全身が重くて、こんな状態で動けるわけがない。

ぱたりと音がした。傷から流れた血が滴ったのかと思った。だが、違《ちが》った。

いつの間に、頬《ほお》を透明《とうめい》なしずくが、とめどなく伝い落ちている。

「…、…れ…？」

どうして涙《なみだ》が。赤く染まった指で拭《ぬぐ》おうとして、寸前で思い留《とど》まる。こんな汚《よご》れた指では拭えない。

こんな、血に濡《ぬ》れたままの手では、あの子の手を取れない。あの子の前に出られない。

目を閉じて、昌浩は肩《かた》を震《ふる》わせた。

「……痛いんだ…」

「うん、そうだろうな」

「苦しくて、つらくて……」

「うんうん、そうだろうとも」

「なんで、こんな……」

思いつくままに言葉を並べていた昌浩に、あっさりとした口調で、青年は言った。

「そりゃあ、肝心《かんじん》なことから目を背《そむ》けていたからさ」

「……え…？」

のろのろと顔をあげて、昌浩は青年を見つめた。

青年は後ろ手を組んだ。

「人間というのは不思議なもので、あんまり痛かったり、つらかったり、苦しかったりするとな、その原因をすっかり忘れてなかったことにしたりできるんだ。だが……」

言い差して、嘆息《たんそく》する。

「それで本当になくなるわけじゃない。忘れただけだ」

忘れても、記憶《きおく》の一番奥に押し込んで見えなくなっても、そこに確実に存在している。

「お前の心には、ずっとずっとその傷がうがたれていたのにな。見えないままだと目を背けたくなるから、本当の傷として、痛みとして、目に見える形で現れた」

昌浩は大きく震えた。

この胸にある傷こそが、いままで見ようとしていなかったもの。

「心の傷というのは、実に厄介《やっかい》でなぁ。俺もなぁ、術の精度を上げたいなら人間の心の動きをちゃんと学ばないとだめだと、よく師匠《ししょう》に説教を食《く》らって……、……まぁ、それはどうでもいいことだ」

ごほんと咳払《せきばら》いをして、青年は話を戻《もど》した。

「痛いから目を背けるだろう？　そうすると、不思議と痛みを感じなくなる。なくなったんじゃなくて、感じなくなるんだ。麻痺《まひ》というやつだな。それでも傷があることには変わらないから、それを癒《いや》さないでいると、もっと大きな傷を負うような事態がめぐってくる。あるいは、自分自身が自分を追い立てて、堕《お》ちていくだけの迷路《めいろ》にはまり込む。いまのお前は、まさにそれだな」

びしっと昌浩を指差し、青年は深く息をついた。

「つらいから目を背ける者には、別の人種もいるな。乗り越える必要なんかないと開き直って、自分の考えこそが正当だと、自分自身を無理やり納得《なっとく》させるんだ。なぜそんなことをしなければならないのか？　となｃ。自分の中に傷があることを認めたくなくて、そこを指摘《してき》されると、そんなものはないと食ってかかってくる。お前はそういった人種じゃないから、助かった。でも、内に抱《かか》え込むほうが実は厄介なんだよなぁ」

眉間《みけん》にしわを寄せて苦いものを含《ふく》んだような顔をしながら、青年は小さくひとりごちた。

「ほんと、そういうところはよく似てるよ」

昌浩は瞬《まばた》きをした。

この男は、どうやら誰かと昌浩を比較《ひかく》している。昌浩はこの男の知っている人物に似ているようだ。ということは、やはりこの男を自分は知っているのだろうか。

ずっと昔、覚えていないような幼い頃《ころ》に会ったことがあるのか。それとも、相手が一方的に昌浩を知っているだけなのか。

くらくらする頭を何度も振りながら、昌浩は疑問を口にした。

するとと、青年は瞬きをして、またもやにんまりと笑った。

「半分当たり。半分はずれだ」

「…………」

昌浩の眉間にしわがよる。どこまでもひとを食ったような受け答えに、苛立《いらだ》ちが募《つの》ってくる。

「ほら、そろそろ本当に動けなくなるからな。いいから立て、必死で立て、全力で立ち上がれ！」

舌打ちしたいのを我慢《がまん》して、昌浩はよろよろと立ち上がった。

いつまでもわからない会話をしているわけにはいかない。昌浩には、やらなければならないことがあるのだ。

そう思って、昌浩は唐突《とうとつ》に気がついた。

やらなければならないこととは、一体なんだろう。

傷を負っても、心がくじけそうになっても、立ち上がらなければならないのは、なぜなのだろう。

記憶が散漫《さんまん》になっていく。思考も散り散りになりつつある。

確かなものは痛みだ。絶えず自分を苛《さいな》む痛み。どんなに抗《あらが》っても、それから逃《に》げ出すことはできない。

「痛いのはな、ちゃんと向き合えていないからだよ。あんまり痛すぎると、つらすぎると、どうしたって逃げるものなんだ」

膝《ひざ》に力を込めて懸命《けんめい》に立ち上がる昌浩の耳に、突然穏《とつぜんおだ》やかになった声音《こわね》が滑《すべ》り込んできた。

「仕方がないさ。人間てのは、どうしようもなく傷つきやすくて、呆《あき》れるくらい弱いものなんだから」

なんとか立ち上がって青年を見上げる。

穏《おだ》やかな双眸《そうぼう》の奥に、痛みが見えた。

「…………」

怪訝《けげん》そうにしている昌浩に、青年は淡《あわ》く笑って見せる。

「俺とお前じゃ、負ったものが違《ちが》うんだけどな。でも、いまお前に必要なことを教えてやれるのは俺だけだというから、仕方がない」

昌浩は瞬きをした。ふっと気が遠くなって、よろめく。

男の手が昌浩の腕《うで》を摑《つか》んで支えた。そうして、身を翻《ひるがえ》す。

「よし、行こうか」

昌浩に無理のない速さでゆっくりと歩き出した青年に、昌浩は不審《ふしん》げな面持《おもも》ちを向ける。

「……で、だれ？」

男は人の悪い笑《え》みを浮《う》かべる。

「さっきも言ったじゃないか。――ひ、み、つ」

その返答で、昌浩は気を失いそうになった。だが、かろうじて堪《こら》える。傷の痛み以上に、男の言動が昌浩から体力も気力も、根こそぎ奪《うば》っていくように思えてならなかった。

どんどん闇《やみ》が深くなっていく。

男の支えがなかったら、昌浩はもう一歩も歩けなくなっていただろう。足を運ぶごとに息が上がって、視界がくらくらする。できるだけ傷に響《ひび》かないように意識を向けるが、意に反して体がいうことを聞いてくれない。

なんでこんなにつらいんだろうと、昌浩は何度目かの自問をした。

目を背けているからだと、男は言った。背けていても、傷はそこにありつづける。逃げ出しても、どこまでも追ってくる。向き合って、自覚して、その上で乗り越えなければならないのだと。

それがどういうことなのか、昌浩にはよくわからない。ただ、男が滔々《とうとう》と語るので、曖昧《あいまい》に相槌《あいづち》を返すだけだ。

そのたびに、男はうんうんと頷《うなず》いて、何やら嬉《うれ》しそうに目を細めている。

誰なのだと何度問うてもはぐらかされるので、素性《すじょう》を聞くことはもう諦《あきら》めた。

代わりに、ここがどこなのかを尋《たず》ねてみた。

これには、拍子抜《ひょうしぬ》けするほどあっさりと、答えがあった。

「誰もが知っていて、来ようと思えば来られるが、深みにはまると抜け出せない闇の底。ここは、一番深いところに近い。……よくもまぁ、こんなところまで堕《お》ちたもんだ。いっそ感心するべきところかもしれんなぁ」

そんなところで感心されたくはない。

昌浩が渋面《じゅうめん》を作っているのを、男は愉快《ゆかい》そうに眺《なが》めてくる。

「うんうん。そういうところも実によく似てるなぁ。子どもの頃はこんなふうだったのか、へぇー。あ、でも待てよ。ここまで素直《すなお》じゃないはずだ。もっとひねくれて捻《ね》じ曲がって一回転した挙げ句にあらぬ方に落っこちて人に言えないような所業も……、いや、こちらの話だ」

ごほんと咳払いをして、男は言葉をにごす。

そうやって誤魔化《ごまか》されるたびに昌浩は目いっぱい不審《ふしん》げな顔をするのだが、浮かべている表情とは裏腹に、さほど不愉快だとは思っていないのだった。

相手は自分を知っている。というよりも、誰かと自分を重ねているようだ。自分はこの男を知らないが、妙《みょう》に近しいものをかもし出しているおかげで、警戒《けいかい》心は徐々《じょじょ》に薄《うす》れていった。

闇の中を歩きながら、昌浩はぽつぽつと、思いつくままに話をした。

ずっと、決めていた誓《ちか》いがあった。絶対に違《たが》えないのだと、信じていた。けれども、それはかなわないものだった。

男は、そうかと頷いた。

「信じていたなら、違えたことはつらかっただろうなぁ」

うんと、昌浩は頷いた。

つらかった。誓いを守れなかったことがつらかった。

「誓いを破るくらい、どうしようもない状況《じょうきょう》だったんだろうしなぁ。……それも、ずっと痛かったな」

「……」

昌浩は黙《だま》って頷いた。

それから、もうひとつの誓いを違えてしまったことも、自然と口からこぼれ出た。護《まも》ると、決めたのに。護れなかった。逆に、護られてしまった。自分はそれを見て、何もできなかった。

「そうか。なるほど、うん、わかった。それが一番大きいな」

しきりに頷いて、男はほろ苦く笑った。

「本当に、俺とは正反対だ。……玉依姫も、実に酷《こく》なことをしてくれる」

昌浩は瞬《まばた》きをして顔をあげた。

いま、なんと。

「たまより、ひめ……」

耳朶《じだ》に引っかかったその単語が、昌浩の心を震《ふる》わせる。

──可哀想《かわいそう》に……

「…………」

突然《とつぜん》、目頭《めがしら》が熱くなった。わけがわからないうちに、涙《なみだ》があふれ落ちる。

唐突に泣き出した昌浩の頭をよしよしと撫《な》でて、男は苦笑まじりに告げる。

「いままで押し込めていたものが出てきてるだけだから、あまり心配するな」

昌浩の衣《ころも》は血で汚《よご》れているので、男が自分の袂《たもと》で頰《ほお》を拭《ぬぐ》ってくれる。

しゃくりあげて声を殺し、昌浩は必死で考えた。

心が壊《こわ》れてしまうからと、あのひとは言った。そうだ、あの女性が玉依姫だと、あの少女が言っていた。

玉依姫とは何者だ。この男は玉依姫を知っているという。それ以上に、素性の知れないこの男は何者なのだ。

途切《とぎ》れ途切れに疑問を口にすると、男は難しい顔でむーと唸《うな》った。

「……細かいことは気にするな。あまり気にしていると、置いていくぞ」

ひどい。

助けがなければそのまま くずおれてしまうだろう昌浩に、無情なことを言ってのけ、男はようやく立ち止まった。

「こんなところまで来なければならないとは……」

男の面差しに、初めて険しいものが見えた。

昌浩はのろのろと視線を動かし、あるものを認めて瞠目《どうもく》した。

闇の中で、うずくまっている影《かげ》がある。あれは。

男の手を離《はな》れてよろよろと歩き出す。

数歩進んだ昌浩は、見えない壁《かべ》に行く手を阻《はば》まれた。

透明《とうめい》な壁が立ちはだかっている。それに手を触《ふ》れて確かめながら、目は人影《ひとかげ》を凝視《ぎょうし》している。

昌浩は、青年を顧《かえり》みた。

「あれ、は……」

男は頷いた。

「そう。お前だ」

胸に大きな傷の穿《うが》たれた子どもがいる。うずくまって、声を上げて泣いている。

それは、昌浩がずっと見ないようにしていた、傷ついた自分そのものだ。

4

泣いている。小さな子どもが、泣き叫《さけ》んでいる。

見えない壁に手をついたまま、昌浩は言葉もなくそれを見つめた。

あれは、自分だ。幼い頃《ころ》に、池の水に映った自分の姿。それがいま、ひどい傷を負って、血を流しながら泣き叫んでいる。

そして、その傷は、自分の胸にあるものと寸分違《すんぶんたが》わなかった。

壁に手をついたまま、昌浩はずるずると膝《ひざ》を折った。

痛い、痛い。

――勁《つよ》く、ならなきゃ
助けて、誰か助けて。

――俺じゃ、護れない
拳《こぶし》を握《にぎ》り締《し》めて、唇《くちびる》を噛《か》む。視界がにじんで、頬に新たなしずくが落ちる。

「…………っ……」

壁に額を押しつけて、息を詰《つ》める。

肩《かた》を震わせている昌浩に、男は静かに言った。

「——ひとはな。ひどい傷を負っても、それが目に見えないと、ないものだと決めつけるんだ。だから、あえてここに連れてきた。お前がそれをちゃんとわかってやらないと、あの子どもはいつまでも血にまみれて、痛みを抱《かか》えて泣きつづける。……それじゃあ、あんまり可哀想だろう……？」

昌浩は、はっと目を見開く。

可哀想にと、玉依姫も言っていた。

「……俺…可哀想…？」

「可哀想だ。……周りのみんなは、お前のことをあんなに心配してるのに。お前が自分の傷に気づいていないから、何も言えずにいた」

昌浩の瞳《ひとみ》が大きく揺《ゆ》れる。

いつもそば近くにいて、普段《ふだん》どおりに接していた物の怪《もののけ》。必要なことしか口にしない祖父。いつものように昌浩を気遣《きづか》って。体を壊さないように、無理をするな、ちゃんと休めと、いつもと同じように。

昌浩の傷に触れないように。壊れてしまわないように。ぎりぎりのところでその均衡《きんこう》を保って、時が癒《いや》してくれるのを待っていたのだ。

「普通《ふつう》はな。時間が経《た》てば、ある程度は癒えていくんだ。ただ、お前の傷は、ちょっとひどすぎたなぁ……」

背に、男の言葉が落ちてくる。責めるでもなく、苛《さいな》むでもなく、淡々《たんたん》と事実だけを並べる、少し不思議な声音《こわね》だった。

「誰かが助けてやらないと、このまま闇《やみ》に染まるくらい、ひどい」

涙に濡《ぬ》れた面持《おもも》ちを向ける昌浩に、男は静かに告げる。

「覚えておけよ。ひどい傷は、心に闇を呼ぶ。深くえぐられた心を立て直すために、自分自身を守るために、怒《いか》りや憎《にく》しみで傷を埋《う》めようとするからだ。でもな、一番厄介《やっかい》なのは、その傷の一番奥深くにあるものに気づけないということだ」

「奥深くに、ある……？」

自分の胸に手を当てる。

怒り。――昌浩にとってのそれは、護れなかった自分に向けるもの。

憎しみ。あの子を手にかけた相手に対して。そしてそれ以上に、己《おの》れの無力さを。

「怒りも憎しみも、一番奥にあるものに気づきたくないから出てくるものだ。じゃあ、それはなんだと思う？」

逆に問いかけられて、昌浩は答えに窮《きゅう》した。

いままで目を背《そむ》けてきた。見たくない、気づきたくない。目を閉じて耳をふさいで、できることならばやり過ごして、自分の中にないことにしたいものだ。

雨音が聞こえた気がした。

そうして、もうひとつ。聞こえたのは。

——後悔《こうかい》は、あるか
どくんと、心臓がはねた。

——己れのしたことに、その意志に、後悔はあるか
昌浩は顔を歪《ゆが》めた。わかってしまった。

がくりとうなだれて、昌浩はうめいた。

「……俺は……っ……」

男は黙《だま》って昌浩を見つめている。

壁の向こうで、子どもが泣いている。その泣き声を聞きながら、それ以上に昌浩の心を揺さぶる衝動《しょうどう》がある。

闇の奥で、蠢《うごめ》く影がある。少しずつはっきりとした輪郭《りんかく》と、形を持ちはじめている。

それは、いまの自分とまったく同じ姿をしている。違《ちが》うのは、瞳の奥に光がまったくないこと。

あれこそが、冥官《めいかん》の言っていたもの。

堕《お》ちた自分の末路。鬼《おに》と呼ばれるものなのだ。

それは、一歩、また一歩と、泣いている子どもに近づいていく。

そうしていつか、昌浩が目を背けつづけていたならば、あの泣いている幼い子どもをくびり殺して、取って代わるのだろう。

うつむいて肩を震《ふる》わせている昌浩の前に膝を折って、男は穏《おだ》やかに口を開いた。

「この先まで堕ちると、もう引き返せなかった。ぎりぎりのところで、踏《ふ》み留《とど》まったな。よく我慢《がまん》したなぁ。偉《えら》い偉い」

ぐしゃぐしゃと昌浩の頭を撫《な》でる男の目に、切ないものが宿った。

「俺は、踏み留まれなかったんだ。だから、あいつの心に傷を作ってしまった。……お前を助けられたら、少しは償《つぐな》いになるかな？」

昌浩は顔をあげた。何かが、引っかかった。

瞬《まばた》くこともせずに見つめてくる昌浩に、男は片目をつぶって見せる。

「これでもな、俺はそれなりの腕《うで》を持ってるんだ。あいつには、かなわなかったけどな。それでも、ひとつだけ、あいつに勝《まさ》る術があってな。それには、こういう使い方もあるんだよ」

立ち上がって、男は昌浩の横を通り、見えない壁を造作もなくすり抜《ぬ》ける。

泣きつづけている子どもに近づいて、膝をつく。そして、ばっくりと口を開けて血を流しつづけている傷に手をのばした。

昌浩ははっとした。

聞いたことがある。

ひとつだけ、勝る術を持っていたと。それは、悲しい使われ方をして、たくさんの血を流してしまったのだと。

見えない壁《かべ》が昌浩を阻《はば》む。どうしても、昌浩にはそれを越えられない。

それは、昌浩の弱さだ。痛みを認められなかった、傷と向き合えなかった、誰にも見せられないほどに愚《おろ》かで弱くて、浅ましく、そして醜《みにく》い部分だ。

昌浩は、自分のそういった部分をいままで一度も見なかった。そんなものがあるのだと、知りもしなかった。

怒りよりも、憎しみよりも、怖《おそ》れよりも。ほかのどんなものよりも、その存在を認めなければならなかったのに。

光だけを追っていけば、いつか破綻《はたん》する。闇を知らなければ、高みに昇《のぼ》ることはできない。勁《つよ》さばかりを追い求めれば自滅《じめつ》につながり、必ず道を誤まって闇に呑《の》み込まれてしまうだろう。

そうなってしまったのが、鬼と呼ばれる、人間の成れの果て。堕ちた者は、いわば自らそれを選んだのである。だからこそ、引き返すことは容易ではない。

知らなければいけなかったのは、自分の本当の弱さ。愚かさ。浅ましさ。醜さ。

人間はみな、それを持っている。否定すればするほど、それは自分を追ってくる。

護《まも》りたかった。誓《ちか》いを違《たが》えたくなかった。掲《かか》げた理想にたどりつけない自分を認められなかった。できないことを知るのがいやで、がむしゃらに自分を追い込んだ。

そうすればするほど、最奥にある魂《たましい》は痛みを訴《うった》えて血を流していたのに。

「これからは、痛いときは、ちゃんと痛いと言えよ。傷を負った自覚がなければ、それを乗り越えられないからな。そういう意味でも、素直《すなお》が一番。ま、それが一番難しいんだがな」

背を向けているのに、男の表情が容易に想像できる。

「自分の弱さを認められない奴《やつ》は、それをつかれると逆上して噛《か》みついてくる。自分の正しさを居丈高《いたけだか》に叫《さけ》ぶ奴ほど、恐《おそ》れを抱《だ》いていてそれを知られたくない。絶対かなわないという敗北感に打ちのめされている奴は、それを認められないから逆に相手を見下して蔑《さげす》んで、心の平《へい》穏《おん》を得ようとする」

一旦《いったん》言葉を切って、男は厳《おごそ》かに言った。

「――陰陽師は、そういったひとの心を自在に読めないとな」

昌浩の心に、そのひとことひとことが静かに染《し》み渡《わた》っていく。

それはすべて自分にも当てはまる。自分もそうなる要素を持っていて、だからこそ揺るがないように、心を研《と》ぎ澄《す》まさなければならないのだ。

男の手で、子どもの胸にあいていた傷が、少しずつ縫《ぬ》い合わされていく。

無理やりに縛《しば》るのではなく、丁寧《ていねい》に傷をふさいでいくのだ。

どんな術にもふたつの顔がある。正と負のように、昼と夜のように。正反対でありながら、表裏一体《ひょうりいったい》のものなのだ。

殺してしまう。

優《やさ》しい心で使えばそれは、ひとを救えるだろう。怒りに任せて使えばそれは、ひとを傷つけ

昌浩は、いままでそれを、本当の意味では理解できていなかった。

わかったつもりになっていた。

祖父を超えるのだという意思は揺《ゆ》らぐことなくいまもこの胸にあり、けれどもそれがどれほど困難であるのか、知っているつもりだった。知っているつもりになっただけだった。

陰陽師というものの本質を、昌浩はまるでわかっていなかったのだ。

自分がいかに幼かったかを、思い知った。

気づけば、胸にあいていた傷は、すっかりふさがれていた。

流れ出た血で重くなっていた狩衣《かりぎぬ》も、痕《あと》をまったく残していない。真っ赤に染まっていた両手も、きれいになっていた。

傷をふさがれた子どもは、怯《おび》えたように男を見上げている。男はその頭をくしゃくしゃと撫でた。

「………」

昌浩の目から涙《なみだ》が落ちた。ああいう仕草を、昌浩もよくしてもらった。

幼い頃《ころ》から自分を一番可愛《かわい》がってくれた祖父に。いつもいつも白い小さい姿でそばにいて、時折本性《ほんしょう》に戻《もど》る神将に。

男は子どもを撫でくり回し、安心させるように腕の中に抱《かか》え込む。しばらく身を硬《かた》くしていた子どもは、やがて気を許したのか、瞼《まぶた》を閉じて男に体を預けた。

昌浩にはわかる。昌浩が男の正体を悟《さと》って、気を許したからだ。

「……ずっと無理をしていたんだから、このまま少し休んでおけ。俺がついててやるから、安心していいぞ」

振《ふ》り返って笑う。まるで太陽のように鮮《あざ》やかに。

祖父は、この男のこういった部分に、気を許したのかもしれないと、思った。

「……ここは、夢殿《ゆめどの》につながっているんですね」

昌浩の言葉に、青年が穏やかに目を細める。

「夢殿でもあり、お前自身の心の奥でもあり、闇《やみ》にも光にもつながる場所だ。どちらに進むかは、お前次第《しだい》。……俺は、間違《まちが》えてしまったが」

昌浩は、黙ったまま頭《かぶり》を振った。


そのひとの名を、知っている。

榎笠斎《えのきりゅうさい》。

若き日の安倍晴明が、唯一《ゆいいつ》『友』と呼んだ男だ。

夢殿とは、陰陽道に伝わる幽り世《かくよ》のこと。夢の中にある、もうひとつの世界。
そこには神や、死した者たちが住んでいるのだという。

◆　◆　◆

ざざ。ざざ。
ざざ。ざざ。

波の音を聞きながら、玉依姫は目を閉じていた。
彼女の前には、泣きながら眠《ねむ》りに落ちた子どもが横たわっている。
少し下がったところには、阿曇が静かに控《ひか》えていた。

ほかには誰もいない。雨と波の音だけがこの場を満たしている。

玉依姫の瞼が、かすかに震えた。

静かに目を開き、玉依姫は子どもを見下ろした。

表情のなかった面差《おもざ》しに、仄《ほの》かな笑《え》みが浮《う》かぶ。

「……よく、堪《こら》えましたね」

闇に堕《お》ちないように、心の最奥が必死で踏《ふ》み留まっていた。もう少し遅《おそ》かったら、完全に呑まれてしまっただろう。この子どもの力を欲《ほっ》していた影《かげ》は、ごく近くまで迫《せま》っていた。

姫はほうと息をつき、顔をあげて目を閉じた。

「……神よ…、感謝いたします」

夢殿にいたあの男を、この子どもの夢に導いたのは、天御中主神だった。

心の傷を癒《いや》すのは、ひどく繊細《せんさい》な作業になる。それを請《う》け負う者は、あやまてば傷を広げ心を壊《こわ》してしまう危険を知った上で、ひとり分の命を背負う覚悟《かくご》を持たなければならない。

それには、親しい者は不向きだ。近すぎれば感情が先に立つ。

相手のためと言いながら、その実は自分のためであることに気づけない。

間に合って、本当に良かった。

ほっとした途端《とたん》、玉依姫の意識は遠退《とおの》きかけた。

突然傾《とつぜんかし》いだ肢体《したい》を、瞬時《しゅんじ》に駆《か》け寄った阿曇が支える。

「姫！」

玉依姫は阿曇を見やり、一瞬、誰だというそぶりを見せた。

「……ああ、阿曇……」

阿曇はかすかに眉《まゆ》をひそめたが、すぐさま薄《うす》い笑みを作った。

「お疲《つか》れでしょう。ひと時お休みください」

玉依姫は緩慢《かんまん》に首を振った。

「いいえ…。神に祈《いの》りを奉《ささ》げなければ……」

「天御中主神は、姫のお心をしかと受け取っておられます。少しお休みになることを、許してくださるはず」

玉依姫は瞼を閉じた。

「……我が君は、そうでしょう。ですが…」

刹那《せつな》、地鳴りが生じた。

海の底から唸《うな》るように、重い音が轟《とどろ》いてくる。

波間にそびえる三柱鳥居が震《ふる》えている。波が不自然に荒《あ》れ、雨音とあいまって不気味な音と化した。

玉依姫は、よろめきながら立ち上がった。

「……お鎮《しず》まりいただかなければ……」

阿曇の手を離れた玉依姫は、木枠《きわく》の結界を越えて、海を真下に望む崖縁《がけふち》に膝《ひざ》をつく。

篝火《かがりび》の炎《ほのお》が揺れる。地鳴りはやむ気配を見せない。

端座《たんざ》した玉依姫の背を見つめていた阿曇は、かすかな足音を聞きつけて振り返った。

「斎様《いつき》……！」

少しの間その場を離《はな》れていた斎が、石段を下りてくるところだった。

炎が少女の面差しに色濃《いろこ》い影を作る。表情の乏《とぼ》しさとあいまって、まるで作り物のようにも見えた。

阿曇の横で立ち止まり、斎は横たわった昌浩を見下ろした。

「……………あまりにも、自分を追い詰《つ》めていたのだな」

ここに来て目覚めたとき、彼はひどく追い立てられて、ぼろぼろに傷ついていた。誰かに追われたのではない、自分自身がそこまで己《おの》れを追い立てたのだ。

そう、まるで、無力な己れに、呪詛《じゅそ》をかけるかのように。

力のある者は、心が揺れると、力を制御《せいぎょ》できなくなる。無意識に力を使い、念を放ち、術を仕掛《しか》けてしまうのだ。そうしてそれは、ときに己れ自身に向けられる。

斎は両手をきゅっと握《にぎ》りこんだ。

ひとは弱いので、そうやって己れを傷つけることで代償《だいしょう》を得ようとするときがある。しかし、そうやって得たものが、自分を救うことは決してない。

「この者、強い力を持っているな」

「はい」

昌浩と対峙《たいじ》し、また、地脈の化身《けしん》たる金色の龍《りゅう》に放たれた術の凄《すさ》まじさを知っている阿曇が、斎に応じる。

「荒削《あらけず》りではありますが、使いようによっては相当の刃《やいば》となりうるでしょう。天御中主神のために、その力をふるえばよいものを」

斎は頭を振った。

「説得している時間はない。時が過ぎれば過ぎるほど、我が君の声は、玉依姫に届かなくなっていく」

玉依姫が力を失ったわけではない。失われかけているのは、玉依姫自身の命の炎だ。

「わらわには、我が君の……天御中主神の声を聞く力がない。どれほど望んでも、この身にはそれを得ることがかなわない」

斎は昌浩の傍《かたわ》らに膝をつき、閉じられた瞼をひたと見据《みす》える。

「この者、いつまで眠りつづけるだろうか」

「闇に堕ちる寸前だったものを、すくい上げられたばかりです。しばらくは目を覚まさないでしょう」

「そうか……」

斎はうつむいた。はらりと落ちかかった黒髪《くろかみ》が、彼女の表情を隠《かく》してしまう。

阿曇は唐突《とうとつ》に、言い知れない焦燥《しょうそう》を覚えた。

「斎様、はやまってはなりません」

なぜそんな言葉を口走ったのか、阿曇にはわからなかった。

斎はうつむいたまま、厳《おごそ》かに口を開く。

「……はやまりなどはせぬ。わらわの心は、既《すで》に決まっている」

「斎様…」

なおも言い募《つの》ろうとする阿曇を、片手をあげて制し、斎は淡々《たんたん》と告げた。

「阿曇よ。わらわの望みはただひとつ。それは、我が君に背《そむ》くことになるものだ」

阿曇は声もなく青ざめる。

「お前や益荒に、その責を負わせようとは思わない。すべてはわらわのものだ」

そのままおもむろに顔を上げ、端座して祈る玉依姫の背を見つめる。

「……この命は、罪そのものだ。何ゆえ我が君がそれを見逃《みのが》してくださっているのか、その神意は、ひとの身であるわらわには到底《とうてい》わかりはせぬ」

しかし、いまここに自分が生きている。それは紛《まぎ》れもない事実だ。

ならば、罪たるこの身であっても、望みをひとつだけ抱こうではないか。

「あの白い異形は、強い力を持っている。ひとならぬ力、すべてを破壊《はかい》し尽《つ》くすほどの危《あや》うさをはらんでいる」

偽《いつわ》りの姿に秘《ひ》められた本質を、斎は正しく見抜《みぬ》いていた。

「それだけのものを持っているならば、姫のお役に立てるやもしれぬ。もうひとりの男は、さほどの力を持ってはいないようだったが、度会の者たちにくらべればましだろう」

昌浩の額に手を置いて、斎は目を閉じた。

「この者の力を、しばしわらわが借り受ける。眠《ねむ》ったままならば、さほど難しくもないだろう」

「斎様、ひとの心に入り込んではなりませぬ」

斎の手を取り、阿曇は必死で懇願《こんがん》した。

「お願いです、どうか思い留《とど》まってくださいませ…！　私も、益荒も、斎様をお守りするためならば、いくらでも咎《とが》を負いましょう。ですから…っ」

「――阿曇」

女の手をゆるやかにほどき、幼い少女は、その年には似合わないほど大人びた顔をした。

「一刻も早く、帝《みかど》の姫をここへ呼び寄せなければならぬ。そのためにわらわは、役立つものはすべて使う」

昌浩を見下ろして、少女は静かに断じた。

「たとえそれが、ひとの道に悖《もと》ることになろうとも」

いまさら罪のひとつ、咎のひとつが増えたとして、それがなんだというのか。いま自分が生

きている。それこそが最大の罪だというのに。

「この者には決して負わせぬ。いずれ我が君に、天御中主神に、わらわが釈明《しゃくめい》し、断罪を受ける。——許せよ」

それは、誰に向けられた謝罪だったのか。

阿曇は力なくうなだれた。

斎の決意は、もはや誰にも覆《くつがえ》せないだろう。この少女は、これより神の意に背くのだ。

「玉依姫に、安寧《あんねい》を差し上げるために」

呟《つぶや》いて、斎は再び昌浩の額に手を置いた。

雨音がうるさい。

海津見宮の一室で、物の怪《もののけ》は剣呑《けんのん》に眉根《まゆね》を寄せていた。

益荒たちによって連れてこられたこの島は、伊勢海に浮《う》かんでいるのだという話だ。

向かっていたはずの伊勢を通り越して、海まで渡《わた》ってしまったとは。

「…………」

苛々《いらいら》と室内を歩き回り、雨雲に覆《おお》われた空を幾度《いくど》となく睨《にら》む。

そのたびに、柱にもたれて沈黙《ちんもく》している昌親が、少し体を硬《かた》くするのが感じられた。

昌親は、物の怪の本性《ほんしょう》である紅蓮《ぐれん》に、本能的な恐怖《きょうふ》を抱いている。いつもはもう少し気を配るのだが、いまの物の怪にはその余裕《よゆう》がない。

益荒と阿曇と名乗ったふたりに昌浩が連れて行かれてから、一刻以上が経過している。正確な時刻がわかっているわけではないが、昼近いのではないかと思われた。

物の怪は苛立ちを、何度目かの嘆息《たんそく》とともに吐き出した。

宮に着いてすぐ、益荒が昌浩を抱えていずこかへ向かおうとしたとき、物の怪は殺気立ってそれを阻《はば》もうとした。

どこへ行くのかと詰問《きつもん》し、返答次第《しだい》ではこの宮すべてを燃やし尽くすぞと息巻いた。

それに対し、剝《む》き出しの戦意を見せたのは阿曇で、益荒のほうはどこまでも冷静だった。

一触即発の双方の間に割って入ったのは、昌親だった。

なんとか物の怪を抑えた昌親は、益荒たちが出て行ってからしばらく、全力を使い切った顔で青ざめていた。

いまこうしているだけで身を硬《かた》くするほどなのに、よく割って入ったものだと、憤激がやや静まってから、物の怪はひそかに感嘆したものだ。

白い尻尾《しっぽ》をぴしりと振《ふ》り、夕焼けの瞳《ひとみ》をめぐらせた。

視線の先に、長身の男がいる。益荒だ。奥からすぐ、ひとりで戻ってきたのだった。

柱にもたれて腕《うで》を組み、益荒はひとことも発せずにそこにいるのだ。

物の怪と昌親を監視《かんし》しているのは明らかだった。ふたりが勝手な行動を取らないように、目を光らせている。

奥に連れて行かれた昌浩は、どうしているだろう。

歯嚙《はが》みして、首の辺りをわしゃわしゃとかく。

その様を、益荒は一瞥《いちべつ》した。

変化したところを見なければ、この異形と、あの長身の体軀《たいく》をした男が同一の存在であるとは、想像しにくいだろう。あれほど凄まじい通力を持ちながら、この白い姿はそれを完璧《かんぺき》に隠してしまっている。

見事なものだ。

雨が降っている。雨音は、ずっと響《ひび》いている。もはやこの音が聞こえることが当たり前になっていた。

久しく天照大御神を拝していない。あの厚い雲の向こうには確かに存在しているはずなのだが、その神意が不自然なほど遠いのだ。

益荒は眉《まゆ》をひそめた。

日を追うごとに、時が経《た》つごとに、雨が地に落ちるごとに、天照大御神も、天御中主神も、この島から遠退《とおの》いていくような錯覚《さっかく》に囚《とら》われる。

一刻も早くこの雨を止めなければならないが、それには帝の姫が必要なのだ。

監視の役を解かれれば、すぐにでも内親王一行の許《もと》へ向かうのだが。

益荒の面持《おもも》ちに険が宿った。

この者たちから目を離《はな》すなと、斎から命じられた。斎に命じられたのでなければ、こんな役目などとうに放棄《ほうき》している。

先ほどからひとことも発しない男は、あの子どもの兄だということだった。彼がいなければ、物の怪は益荒たちと一戦交えることも辞さなかっただろう。

いまも、苛立《いらだ》ちをあらわにしながら、それでもおとなしくしているのは、昌浩の身の安全だけは益荒が保証したからだ。

違《たが》えたら、この首を落としてくれて構わない。そう告げた益荒に対し、物の怪は凄絶《せいぜつ》に笑った。その言葉、忘れるな、と。そこには、確かにあの人外の男の苛烈《かれつ》な眼が重なった。

ふと、足音が聞こえた。

三対の視線が動く。現れたのは、斎だった。

「斎様」

いち早く動いたのは益荒だった。足早に少女の許に駆《か》け寄り、片膝《かたひざ》を折る。

「あの子ども…、安倍昌浩は」

斎は一度瞬《まばた》きをした。

「安倍、昌浩。そういう名なのか、あれは」

「はい、そのように名乗っておりましたので」

そうかと頷《うなず》いて、斎は昌親に視線を滑《すべ》らせる。気づいた昌親は姿勢を正した。

昌親を眺《なが》めた斎は、ふいに目を細めた。

「……お前」

益荒の横をすり抜《ぬ》けて、昌親の前に膝《ひざ》をつく。

「昌浩と同じような、傷を持っていたか」

思いがけない言葉に、昌親は目を瞠《みは》った。

5

物の怪は沈黙したまま尻尾を振った。夕焼けの瞳がまるで炎《ほのお》をはらんだようにきらきらと輝《かがや》く。そこにあるのは紛《まぎ》れもない怒《いか》りだ。

怒気《どき》が闘気《とうき》に転じてざわりと立ち昇《のぼ》るまで、そう時間はかからない。

熱を帯びた風が生じた。

斎と物の怪の間に、益荒が音もなく滑《すべ》り込む。視線が交差し、火花が散った。一触即発《いっしょくそくはつ》だ。

「益荒、よい」

「いいえ」

制しようとする斎の言を退け、益荒は物の怪を明らかに威嚇《いかく》していた。

「ほかならぬ斎様に殺気を向けた。討《う》つには充分《じゅうぶん》な理由です」

「よいのだ。……わらわに非があった」

益荒と物の怪は同時に斎を振り返った。

少女は昌親の前に端座《たんざ》し、己《おの》れよりも高い位置にある青年の目をまっすぐに見上げている。

昌親は、その澱《よど》みのない眼差《まなざ》しを受けとめた。

「……きみは？」

漸《ようよ》う問うた昌親に、斎は抑揚《よくよう》に欠ける語調で返す。

「玉依姫に仕える者」

「玉依姫とはなんなのかを、尋《たず》ねてもいいだろうか」

斎は瞬きをひとつした。

昌親は、声を荒げるでもなく、詰《つ》め寄るでもなく。本当に、胸に生じた疑問に対する答えを欲《ほっ》しているのだ。

「玉依姫とは、この宮において我が君に祈《いの》りを奉《ささ》げ、その声を聞く巫女《みこ》」

「我が君、とは？」

さらに問いを重ねる昌親に、少女は隠《かく》すことなく伝える。

「原始の光と同一たる、天御中主神」

その神の名を受けて、さしもの昌親も息を呑《の》んだ。まさかここでその名を聞こうとは。

「昌親」

鋭利《えいり》な声が飛ぶ。昌親は視線を投じた。物の怪が体勢を低くしている。間合いを計っているのだ。

それを止めようと口を開きかけた昌親に、今度は斎が問いを投げかけた。

「なぜ、益荒と阿曇におとなしくついてきた？」

視線を少女に戻《もど》し、昌親は少し困惑《こんわく》したそぶりを見せた。

「……そうしたほうが、いいと思ったから」

それ以外には理由はない。昌浩の心が危《あや》ういと感じていた。このままでは闇《やみ》に染まると聞かされた。

昌親は弟を助けたかった。だから、心に従ったまでだ。

素直《すなお》にそう告げると、斎は虚《きょ》をつかれたような面持ちで昌親をまじまじと見た。

不思議な男だと、その目が語っている。

白く細い子どもの指が、昌親の胸をさし示す。

「その傷は……」

自分を見下ろして、昌親は訝《いぶか》しげに眉根《まゆね》をよせた。

「傷…？」

「目には見えぬ傷だ」

つづいた言葉に、思い当たったようだった。

胸元《むなもと》にそっと手を当てて、青年は静かに笑う。

「……傷痕《きずあと》は、あるかもしれない」

けれども、とうに乗り越えたものだ。

昌親もまた、心に深い傷を負ったことがある。それと引き換《か》えにして、彼は陰陽師としての覚悟《かくご》を得たといっていい。

昌親だけではない。吉平《よしひら》や吉昌、成親もそうだろう。もしかしたら、祖父である晴明も、そうやって得たのかもしれない。

穏《おだ》やかさばかりが目立つ昌親だが、彼もまた陰陽師である。家族にも見せることのない陰《かげ》の部分を、奥深くに隠し持っているのだ。

陰陽師は光を操《あやつ》り、闇を司《つかさど》る。光が大きければ大きいほど、抱《かか》える闇もまた深くなる。逆もまたあり得る。強大な闇を抱えているものは、転じて強大な光を担《にな》うことができる。片方だけということは絶対にありえない。必ず、同じ大きさの陽と陰を持つ。

一瞬《いっしゅん》だけ見せた陰を、昌親はすぐに掻《か》き消した。

「どうして、そんなものが見えるのかを、訊《き》いても構わないだろうか」

益荒が睨《にら》んだのが、気配《こわ》で伝わってきた。凄《すさ》まじい眼光だ。

だが、昌親はもっと怖いものを知っている。十二神将最強にして最凶《さいきょう》の、騰蛇である。

騰蛇の視線にくらべれば、益荒の眼光はまだ耐《た》えられる部類のものだ。怖くないわけでは、ないけれど。

昌親には怖いものがたくさんある。ないと強がってもいいことはひとつもない。素直に怖いといってしまえる者のほうが、心はずっと強いのではないだろうか。

「……物心ついたときには、見えていた。これが見えない者がいるということが、わらわには解《げ》せぬ」

「そうか…。それは、確かにそうかもしれない」

　頷いて、昌親はやわらかく目を細めた。

「昌浩は、どうしているのかな」

「……いまは、眠《ねむ》っている。眠りから覚めるまで、まだかかるだろう」

「あの子の心は、どうだろう」

「案ずることはない。我が君、天御中主神が、そのように仰《おお》せられた」

　ならば、いいのだ。

　昌親はほっと息をついた。

　帝《みかど》の勅命《ちょくめい》に背《そむ》いて、祖父たちを追うことをやめ、ここにやってきた。それはすべて昌浩のためだ。昌浩を助けたいと願う自分の心に、昌親は従った。それが間違《まちが》いであるとは微塵《みじん》も思わなかったが、心配であることには変わりがなかった。

「……いましばらく、ここで待つがよい」

　斎は立ち上がると、身を翻《ひるがえ》した。

　立ち去る間際《まぎわ》、少女の面《おも》持ちに翳《かげ》が見えた気がして、昌親は怪訝《けげん》に思った。何が、あの子どもにあんな表情をさせているのだろう。

　益荒は、去っていく小さな背を追うか否《いな》かで逡巡《しゅんじゅん》しているようだった。

「行ったらどうだ」

不機嫌《ふきげん》そうに吐《は》き捨てたのは、物《もの》の怪《け》だった。眦《まなじり》を吊《つ》り上げて肩越《かたご》しに振《ふ》り返る益荒に、物の怪は斜《しゃ》に構えてぞんざいに言い放つ。

「俺たちは別に逃《に》げも隠れもせん。それに、貴様がいると、不愉快《ふゆかい》だ」

それは、嘘偽《うそいつわ》りのない言葉だった。ずっと監視《かんし》されているというのは、あまり気分の良いものではない。

益荒は忌々《いまいま》しげに物の怪を睥睨《へいげい》したが、反論はしなかった。一瞬、昌親に苛烈《かれつ》な視線を向け、ここを動くなと言外に告げると、斎のあとを追って姿を消す。

大男がいなくなったおかげで空間が広がったような気がして、昌親はふうと嘆息《たんそく》した。その膝《ひざ》近くに、半眼になった物の怪が歩を進めてくる。

「騰蛇、喧嘩《けんか》を売るのは、あまり得策じゃあないと思うよ」

「知るか」

短く切り捨て、物の怪は尻尾《しっぽ》を振った。

「天御中主神とはな」

昌親は居住まいを正した。

「うん。私もさすがに驚《おどろ》いた」

その神を祀《まつ》る宮は、彼らが知る限りなかったはずだ。現在の神道《しんとう》は天照大御神に重きを置いている。天御中主神を知らない者の方が多いだろう。

なるほど、こうやって人知れず祀られているのか。妙《みょう》に感心する昌親である。

物の怪は苦い顔でしきりに尻尾を振っている。苛立《いらだ》ちをやり過ごそうと努めているのだ。

「……騰蛇」

呼びかけると、無言で夕焼けの瞳《ひとみ》が向けられた。

「よく、益荒を行かせたね」

ついと目を細め、物の怪は不機嫌そうに口を開く。

「ああいうときは、そばについていたほうがいいんだよ」

去り際の斎の面差しに宿った翳。その理由はわからないが、ひとりにしてはいけないと思わせるものがあった。

物の怪は別段、斎に対して特に思い入れや気遣《きづか》いを持っているわけではない。単純に、あのまま益荒がここにいたら、必要以上にぴりぴりして鬱陶《うっとう》しいと思ったからだった。

昌親は苦笑《くしょう》した。

長い耳をそよがせて、物の怪は半眼になる。

「奴《やつ》がいてもいなくても、俺たちが逃げることはないんだ。だったらいないほうが気が楽だ」

それには心の底から同意する昌親だった。無言の威嚇《いかく》は、背筋がひやりとし通しになる。

昌親は息をついて、室内をゆっくりと見回した。

古い造りだ。黒く変色した柱や梁《はり》が、それを裏付けている。

御簾《みす》は下がっているが、蔀《しとみ》はない。調度品の一切《いっさい》ない部屋だった。

しばらく周囲を眺《なが》めていた昌親は、ひとつ頷《うなず》いた。

「よし」

物の怪が視線を向けると、昌親はひょいと立ち上がった。

「ちょっと、中を探索《たんさく》してみようと思う」

「待て」

拳《こぶし》を握《にぎ》り締《し》めた昌親に、間髪《かんはつ》いれず物の怪が待ったをかけた。

「さっき、ついさっきだ。あの益荒にここを動くなと睨みをきかされたことを、思い出せ」

昌浩が先方の手の中なのだ。あまり無謀《むぼう》な行動をするべきではない。

「逃げるわけじゃないよ。どうなっているのか、調べようと思うだけで」

だからそれがまずいんだろうと胸の内で叫《さけ》び、物の怪が腰《こし》を上げた。

「俺が行く、俺が。隠形《おんぎょう》すれば問題ない」

「本当に？　感謝するよ、騰蛇」

ほっとした風情《ふぜい》で笑う昌親を見返しながら、物の怪は思った。

あまり目立たないが、やはり昌親は成親の弟なのである。そして、昌浩の兄だ。

どうして吉昌の息子《むすこ》どもは、時にぎょっとするようなことを平然と言ったりやったりしてくれやがるのだろうか。

物の怪の姿は、徒人《ただびと》には見えないものだ。しかし、この宮にいるのはみな度会氏の神官だという。

そのあたりの話は、着いてすぐに阿曇から聞いた。そして彼女は一通りの説明を終えると、焦《あせ》った様子でいずこかへと消えた。

それきり姿を見ていないが、もしかしたら益荒と同様斎というあの子どもの近くにいるのかもしれない。

神職にあるものならば、それなりの見鬼《けんき》である可能性が否定できない。見つかったら面倒《めんどう》なので、本性《ほんしょう》に戻《もど》った上で隠形した。

物の怪姿のまま隠形するのは、いささか面倒だ。何しろ物の怪の姿を保つのにも神気を使っているのだ。その上で神気を抑制《よくせい》し、姿を隠すのは、可能だが気疲《きづか》れがするのである。

あの姿を取りはじめた頃《ころ》は、それを持続させることにも相当気を張っていた。いまではもう慣れたものだが、本性の神気が完全に隠れているかどうか、定期的に確認《かくにん》することはおこたっていない。

隠形していても、十二神将最強の神気はこぼれ出る。細心の注意を払《はら》わなければいけない。

そういう意味ではどちらにしても面倒ではあるのだが。

ひとの気配がした。

紅蓮は陰《かげ》にひそんだまま、耳をすませた。

気配はふたつ。人間のものだ。一方の霊力《れいりょく》は強そうだが、もう一方はそれほどでもない。強いほうには白い異形の姿では捉《とら》えられてしまっていただろう。本性で隠形して正解だった。

《……老人と、……若いな…》

声音《こわね》から推察する。

どうやらふたりは言い争いをしているようだった。

《……いや、違《ちが》うな。若いのが老人に食ってかかっているのか》

神将の聴覚《ちょうかく》は人間のそれよりも鋭敏《えいびん》だ。

意識を凝《こ》らすと、言葉のひとつひとつがはっきりと聞こえた。


「……い、益荒たちは何を考えているのですか！」

声を荒げているのは、度会潮彌《しおみ》だった。

見張りの者たちによると、今朝方戻ってきた益荒と阿曇は、得体の知れない男と子ども、四足の動物を連れていたということだった。

彼らは斎のみが使用している東の棟《むね》に入り、そのままだという。

あそこは東側だったのかと、紅蓮は心で呟《つぶや》いた。雨雲のせいで、方角すらもあやふやだ。

「得体の知れない人間がこの島に上がるなど、許されることではありません！　禎壬様《さだとう》、益荒たちに厳罰《げんばつ》を…！」

まくし立てていた潮彌が言葉を切ったのを受けて、度会禎壬は冷然と口を開いた。

「厳罰？　益荒と阿曇に、このわしがか？」

「そうです」

息巻く潮彌は、東の棟のほうを睨《にら》んだ。

「いつもいつも、禎壬様に生意気な口をきく。それが私には許せません。いくら神の使役《しえき》とはいえ、この宮を統治しておられるのは我ら度会の長老、禎壬様ではありませんか。あの出来損《できそこ》ないの物忌《ものいみ》風情が偉《えら》そうな顔をしているのも、益荒たちの後ろ盾《だて》があってのことでしょう」

それまで腹に据《す》えかねていたものが、一気に噴《ふ》き出したかのようだった。

潮彌は海津見宮に仕える神官の最年少なのだ。

彼には納得《なっとく》がいかなかった。

力のない巫女《みこ》、玉依姫。本来ならば巫女の代わりに直接神事にかかわるべき物忌は、口ばかりで役目をまっとうしているようには到底《とうてい》見えない。にもかかわらず、天御中主神からつかわされたふたりの人ならぬ者たちは、斎をかばい立てる。

「ならば訊《き》くが。潮彌よ、お前はどうしたいのだ」

「前にも申し上げましたが。一刻も早く帝《みかど》の姫をここへ呼び、斎の代わりに物忌の座に据えるのです」

潮彌の眼が憤怒《ふんぬ》で輝《かがや》く。

「私には、あの斎こそがすべての災厄《さいやく》であると思えてなりません。あれがいるから雨がやまない、玉依姫の力が弱まっていく。神の声は届かず、祈《いの》りも通じない。斎など、いっそ地御柱《つちのみはしら》を護《まも》るための贄《にえ》にしてしまえば……！」

唐突《とうとつ》に、老人が近くの壁《かべ》を殴《なぐ》りつけた。

潮彌ははっと息を呑《の》み、怯《おび》えたように身をすくませる。

失言に気づいて青くなった潮彌に、禎壬は鋭利《えいり》に言い放った。

「口を慎《つつし》めよ、潮彌。仮にもここは、天御中主神が、この国において唯一《ゆいいつ》降臨される宮なるぞ。忌《い》み言葉とも取れる言霊《ことだま》を放つことは、許されん」

静かだが、凄《すさ》まじい気魄《きはく》がそこに満ちていた。潮彌は力なくうなだれる。

「益荒と阿曇、か。彼らは天御中主神に仕え、玉依姫の意に従う者たちだ。彼らが斎を守るのであるならば、それが神の意思であると受け取らねばならぬ」

「ですが……！」

どうしても納得のいかない様子の青年に、老人は剣呑《けんのん》な目を向けた。

「それ以上は言うな。それよりも……」

その瞬間《しゅんかん》、地鳴りが響《ひび》いた。宮がかすかに揺《ゆ》れる。

ふたりは揺れが収まるまで無言だった。

唸《うな》り声にも似た地鳴りが、徐々《じょじょ》に消えていく。代わりに、やけに雨音が強く響きだした。

「……都に現れた、金色《こんじき》の龍《りゅう》。その後、どうなっておる？」

潮彌は気を取り直した様子でひとつ頷《うなず》いた。

「その後は、まったく姿を見せていないとのことです。……姫の祈りが、一応届いたと思っていいのでしょうか」

「そうであってくれれば良いが、確信はない」

不審感を隠さない禎壬に、潮彌は意を決した風情で言った。

「――禎壬様。ひとつ、伺《うかが》いたいことが」

無言でつづきを促《うなが》す禎壬に、青年は少し青ざめながら尋《たず》ねた。

「玉依姫の力は、もう、神に届いていないのではありませんか」

物陰《ものかげ》で耳をそばだてていた紅蓮は、予想だにしなかった展開に、さすがに息を詰《つ》めた。

玉依姫とは天御中主神の声を降ろす巫女だと、つい先ほど聞いたばかりだ。その巫女に仕えているであろう神官の口から、よもやそんな疑念が飛び出ようとは。

察するに、潮彌は斎と、どうやら玉依姫自身に対しても反発心を抱《いだ》いているらしい。

益荒と阿曇は、神の使役といったところだろうか。なるほど、ふたりの出《い》で立ちが十二神将に相通ずるものがあるのは、彼らが天御中主神の使役で、広い意味で神族だったからか。

得心のいった紅蓮の耳に、老人の険しい語気が突《つ》き刺《さ》さる。

「違《ちが》う。玉依姫の力は失われてはおらぬ。すべては…」

空気が瞬時《しゅんじ》に張り詰めた。

「斎が、あの物忌が、役に立たぬからだ…！」

吐《は》き捨てるような声音だった。それだけで、この宮における斎の立場がわかった気がする紅蓮だ。

ここまで忌み嫌《きら》われる理由は、果たしてなんなのか。

物忌は、神事の際に巫女に代わって実質的な役目を担《にな》う。儀式《ぎしき》の際神域の最奥に足を踏《ふ》み入れるのは、巫女ではなく物忌だ。

斎は物忌なのだという。ならば、玉依姫に代わって神事を執《と》り行うべき存在なのだろう。幼くとも、並の神官よりも責務は重い。ならば、あの尊大な態度にも得心がいく。それは一体どういうことなのだろうか。

しかし、斎は役立たずだと、禎壬たちは再三にわたって繰《く》り返している。

紅蓮の見立てでは、斎には秘《ひ》められた力が感じられた。昌親の心の中を見透《みす》かしたのを、目の前で見てもいる。物忌としての力がないとは、到底思えない。

声だけで判断するべきではないと思うが、このふたり、特に潮彌よりはるかに強い力を持っていると、紅蓮は判断した。

「虚空衆よりの報《しら》せはまだないのか」

「はい。ですが、益荒たちには決して後《おく》れを取らぬようにと、厳命を下してあります」

「当たり前だ。良いか、決して、姫宮を斎に渡《わた》してはならぬ。姫宮があちらに渡れば、あれを物忌の座から引きずりおろすことはできなくなってしまうのだ……！」

足音とともに、ふたりの声が遠退《とおの》いていく。

紅蓮はそのまま顕現《けんげん》した。息をついて物の怪《もののけ》に変化する。やはり、神気が完全に隠《かく》れてしまうこちらのほうが、隠密《おんみつ》行動に向いている。

「さて……」

身を翻《ひるがえ》した物の怪は、廊《ろう》の突き当たりで立ち止まっている斎を認めた。

物の怪は瞬《まばた》きをした。

斎は目を丸くしている。どこまでも透《す》き通った瞳《ひとみ》と、そこから発される強烈《きょうれつ》な視線に、覚えがあった。

白い尻尾《しっぽ》がぴしりと揺れる。

「都で、俺を見ていたのは、お前か……！」

斎は黙《だま》ったまま近づいてくる。物の怪は目をすがめた。

確か、斎が住むのは東の棟《むね》だということだった。ここは渡殿《わたどの》を越えた中の棟。度会の者たちがいたということは、ここは彼らが縦横無尽《じゅうおうむじん》に行き交《か》う棟なのではないだろうか。

あれほど忌まれているならば、こちらに足を踏み入れるだけでもひと騒動《そうどう》になるのではないかと、物の怪は思った。

物の怪の前で足を止め、斎は膝《ひざ》を折った。

「……その姿は、どうやったらいいのだ？」

「は？」

思い切り胡乱《うろん》に問い返す。斎は表情を変えずに言った。

「お前の本性《ほんしょう》は、さきほどのものなのであろう。そのように姿を変えられるとは、なかなか興味深い」

表情には乏《とぼ》しいが、双眸《そうぼう》が輝いている。

なんとなく、寡黙《かもく》な同胞《どうほう》の姿が物の怪の脳裏《のうり》をよぎった。

「どうやっているのだ。姿はいつでも変えられるものなのか」

無視しようと思ったが、どこまでもついてきそうだったので、物の怪はうんざりした顔で一応答えた。

「神気を操《あやつ》っているだけだ。理由があってやっているから、必要なときは戻《もど》るし、変化もする」

「そうなのか」

納得《なっとく》したのか、斎は立ち上がった。物の怪はその横をすり抜《ぬ》けて、昌親が待っているはずの部屋に向かう。

そのあとから、斎がついてきた。

物の怪は胡乱げに斎を一瞥《いちべつ》する。

「……ついてくるなよ」

斎は答えない。たまたま行く手が同じだけなのかもしれない。そのことに思い当たって、物の怪は舌打ちしたい心境に駆《か》られた。

益荒と阿曇、斎と玉依姫。少なくともこの四人は、昌浩を闇《やみ》に落とすまいとしているのだということは、わかった。

だが、度会氏たちの話を聞いて、物の怪には別の疑念がわいた。

ぽてぽてと歩きながら、物の怪は口を開く。

「……帝の姫を。脩子を、どうするつもりだ。いったいなにをさせるつもりなんだ」

斎はちらと物の怪に視線をくれた。

「必要だからだ」

物の怪の眉間《みけん》に深いしわが刻まれる。

必要なのはわかる。でなければ、わざわざ姫宮をこんな島に連れてくるような真似《まね》はしないだろう。

斎と度会たちでは、しかし目的が異なっているように思える。

度会の者たちは、この斎の代わりに脩子を物忌《ものいみ》に据《す》えようと目論《もくろ》んでいるようだ。脩子は五つ。まだ幼いものの、分別のしっかりしている脩子ならば、物忌としての責務も充分《じゅうぶん》果たせるだろう。

天照大御神は天御中主神の巫女《みこ》だ。皇家は天照大御神の後裔《こうえい》。帝の姫たる脩子は、物忌としてはまさにうってつけだろう。

そう告げると、斎は少々感心した風情《ふぜい》だった。

「読みは、いい」

その言い方に、物の怪はいささか気分を害した。どこまでも尊大な態度が鼻につく。睨《にら》みつけた拍子《ひようし》に思わず噛《か》みつきそうになったが、自制した。子ども相手にむきになってどうする。

ざわつく心を落ちつかせようと、物の怪は努めて深く息を吐いた。

長い耳と尻尾が揺《ゆ》れる。夕焼けの瞳はまっすぐに前を向いている。

「……………」

ぽてぽてと歩く物の怪。その毛並みが、なんだかやわらかそうに見えた。

斎はそうっと手をのばしかけた。もう少しで触《ふ》れそうだと思ったとき、物の怪は唐突《とうとつ》に立ち止まった。

斎は手を引っ込める。物の怪が首をめぐらせたときには、少女は無表情になっていた。

「度会は、脩子を物忌に据えると言っていた。お前の代わりに」

少女は動じた様子もなく、一度だけ瞬きをした。

「そうか」

「お前も、脩子を必要としているのか」

「そうだ」

物の怪の瞳がきらりと光った。

「なんのために」

少女の目からは、感情が抜け落ちている。

「――答える義務はない」

それは、以前何者かと誰何《すいか》された阿曇が、一刀両断に切り捨てたときとまったく同じ台詞《せりふ》だ。

物の怪は渋面《じゅうめん》を作った。

斎は黙って踵《きびす》を返す。

立ち止まってその背を睨む物の怪を一顧《いっこ》だにすることもなく、少女は北の棟に向かっていく。

しばらくその場にいた物の怪は、視線を感じて振《ふ》り返った。

角のところに、阿曇がいた。

万が一物の怪が斎に危害を加えようとしたならば、彼女は容赦《ようしゃ》なく攻撃《こうげき》をしかけてきただろう。

彼女の存在に、物の怪はとうに気づいていた。ただ、面倒《めんどう》なので放っておいただけだ。

視線がかち合って火花が散る。

自分を睥睨《へいげい》する阿曇の横を、物の怪はぽてぽてと通り過ぎた。

6

果たして、この宮の者たちの人間関係は、どういったものなのか。

戻ってきてからずっと難しい顔をしている物の怪に、昌親は気遣《きづか》わしげに尋《たず》ねた。

「騰蛇？　何かあったのか？」

「あったといえばあったんだが……」

うーんと唸《うな》って渋《しぶ》い顔をしている物の怪を、昌親は不思議そうな面持《おもも》ちで眺《なが》めた。

実のところ、十二神将騰蛇がこの異形の姿をとるようになってから、昌親はそれほど騰蛇と長い時間を過ごしたことはない。今回の伊勢下りがはじめてである。

白く小さい姿のおかげで、彼が本来放っている苛烈《かれつ》な神気は一応隠《かく》されている。もしそうでなかったら、たとえ昌浩が一緒《いっしょ》だとしても、騰蛇と同行しての長旅などはごめんこうむりたかった。

安倍晴明を追い、昌浩とともに伊勢に下れとの命が昌親に下ったことを知った兄の成親は、自分が行きたかったとしきりにごねていた。こんなときばかりは参議の娘婿《むすめむこ》という地位はわずらわしいものだ。

雨滴《うてき》の落ちる空に視線を投じて、昌親は思案した。

昌浩は、心に深い傷を負っていた。玉依姫たちは、彼の弟を本当に助けてくれるのだろうか。

直感に従ってここまできたが、時が経《た》つほどに、その判断は果たして正しかったのかという疑念が首をもたげてくる。

しばらくそうしていた彼は、空を見上げたまま口を開いた。

「……騰蛇」

物の怪《もののけ》が視線をめぐらせる。昌親は淡々《たんたん》と言った。

「どうして、昌浩はあんな傷を負ってしまったんだろうか」

「……」

物の怪は押し黙《だま》った。果たして、どこまで語ればよいのだろうか。

昌浩の傷は、自分たちが守りきれなかったが故《ゆえ》のものでもある。出雲《いずも》での激しい戦いの折、紅蓮たちが離《はな》れていたときに、それは起こった。

そばにいた同胞《どうほう》は、太陰だけ。その太陰は、全霊《ぜんれい》を使い果たして、咄嗟《とっさ》のときにまったく動けなかったのだと聞いた。

自分を見るとき、常に怯《おび》えたような目をする幼い同胞の姿が脳裏《のうり》をよぎる。物の怪は太陰に何の隔意《かくい》も抱《いだ》いていない。強《し》いて言うなら、あまりにも怯えているので、少々気障《きざわ》りだ。だが、それは、彼女に非があるわけではなく、彼女の本能が、十二神将騰蛇の激しい神気に怖《おそ》れを抱いていて、それゆえに身がすくむのだということを知っていた。

それは、紅蓮自身にも非のないことだ。そういう意味では、相性《あいしょう》が悪いのだろう。

沈黙《ちんもく》している物の怪を、昌親はゆっくりと顧《かえり》みた。

その瞳《ひとみ》の奥に、深い光が見えた。物の怪は瞬《まばた》きをする。

「……お前も、陰陽師、か」

昌親は頷《うなず》く。

陰陽師には、他者に見せない顔がある。心の奥は常に平静に。心が動揺《どうよう》すれば術に迷いが生じる。迷えばその効力は半減され、また己《おの》れに跳《は》ね返ってくる。

覚悟《かくご》を持っていなければ、術を使ってひとを救うことは難しい。追い詰《つ》められた人間は、些細《ささい》なひとことで簡単に闇《やみ》に堕《お》ちてしまうからだ。

物の怪は尻《しり》を落とした。

「……先月、所用で出雲に行ってな」

勾陣と、天一《てんいつ》と、太陰と、そして昌浩と物の怪。

出雲の道反の聖域に、未《いま》だ万全《ばんぜん》ではない勾陣の静養のため訪《おとず》れたのだ。

物の怪は息をついた。

随分《ずいぶん》時間が経ったような気がしていたが、そんなことはなかった。あれは、つい先月の話なのだ。

昌浩がどれほど足掻《あが》いても、物の怪たちがどれほど心を砕《くだ》いても、たったひと月あまりで、何が変わるというのだろうか。

直後の昌浩は、大丈夫《だいじょうぶ》だと言っていた。それは、あまりの衝撃《しょうげき》で心が凍《い》てついてしまっていたからだ。

安倍晴明でも、あの折のことを口にできるようになったのはつい最近。紅蓮も同様。

そこにかかった時間は、五十余年だ。

「色々と、まぁ、大変だったんだが……。直接的な原因だけを語るなら、昌浩が絶体絶命の危機に直面したときに、彰子が、昌浩をかばって、敵の刃《やいば》をその身に受けた」

必要以上の感情をいれずに、淡々と事実だけを告げた物の怪に、昌親は最初、面食《めんく》らった顔をした。

「……は？」

一度聞き返し、物の怪の言葉を胸の中で噛《か》み砕いているのが、表情から読めた。

昌浩は、自分の弟の、あの昌浩だ。それはわかる。彰子は、安倍家が預かっている、あの少女。左大臣藤原道長《みちなが》の一の姫。いまは、内親王脩子とともに、伊勢に向かっている。

「刃を…、その身に……？」

自分自身に言い聞かせるように繰《く》り返された言葉に、物の怪は無言で頷いた。

昌親は、瞬《まばた》くことも忘れて物の怪を凝視《ぎょうし》する。

「なぜ…そんなことに…」

「話すと、長くなる。落ちついたらすべて話す。晴明に聞けば、俺が話すよりも細かいところまでわかるだろう」

「それは、別に構わない。ただ……」

危《あや》ういとは思っていたが、まさかそれほどに重い理由だったとは。だが、それならば納得《なっとく》がいく。

抱《かか》えているものが、あまりにも重すぎたのだろう。

帝の内々の勅命《ちょくめい》を受けて伊勢に向かう道中、昌浩はほとんど口をきかなかった。つねに唇《くちびる》を引き結んで、逸《はや》る心を抱えて、前へ前へとがむしゃらに進んでいた。

昌親がいままで見たことのないような、弟の表情だ。

居住まいを正す昌親に、物の怪はさらにつづける。

「昌浩は、……怖《こわ》いんだ」

「……何が？」

昌親の胸の奥で、ひやりとしたものが生じる。物の怪は尻尾《しっぽ》をぴしりと振った。

「誓《ちか》いを守れなかったことが。そして、簡単にひとを傷つけてしまったことが」

昌親は何も言わなかった。弟がひとを傷つけたと聞かされても、眉《まゆ》ひとつ動かさない。

動揺していないといえば、嘘《うそ》になる。心は確かにざわついた。心が水面であるならば、確か

ている。

　だが、彼は陰陽師だ。衝撃を受けた心とは別の部分で、冷淡《れいたん》なまでに静かにそれを受けとめに波紋《はもん》が生じた。


ている。


　夕焼けの瞳を見返して、さりげない口調で問いかける。

「そのひと月の間に、昌浩は何を思ったのだろう」

「俺が見た限りでは、ひたすらに自分を追い詰めて、勁《つよ》さを求めて、できることは全部やっていた」

　昌浩が常に足りないと思っていた、たくさんの術。それらに関する膨大《ぼうだい》な知識を、いままで以上に必死で学び。寮《りょう》の仕事をこなしながら、過去の資料を読み漁《あさ》り。勁くなるために、いままで苦手としていたことを懸命に克服《こくふく》しようとしていた。

　知識や技術を満遍《まんべん》なく得られれば、陰陽師としての才覚そのものが底上げされる。いままではそれをわかっていても、どうしても手つかずにしていたまま逃《に》げていたものを、必死で取り込みはじめている。

「その部分だけ見れば、いい傾向《けいこう》だ。昌浩は好き嫌《きら》いが激しい。できないものはやりたがらない。苦手なものには及《およ》び腰《ごし》になる」

　だが、いつまでもそれではだめだ。唯一《ゆいいつ》の式である車之輔《くるまのすけ》が何を考え、どう言葉を発しているか。昌浩の耳はそれを捉《とら》えているはずなのに、自分にはできない、苦手だと思っているから、それに気づけないのだ。

「咄嗟のときに動けなかった。だから必死で自分の技術を底上げしようとしている。力の配分が満足にできていなかった。そのせいで、一番大切なものを護《まも》れなかった。すべては己れの未熟さが招いたことだ。その自覚をやっと持ったんだ」

いままでは、気力で補っていた部分がある。だが、これからはそれだけでは及ばなくなっていくだろう。

「できないことが怖い。護れないことが怖い。怖いから自分を追い詰める。ほかの感情でそれを隠そうとしている。……人間だから、仕方がないんだがな」

十二神将である紅蓮と、人間である昌浩とでは、そういう部分で決定的な差があるだろう。

生きてきた時間の長さも違《ちが》えば、他者とのかかわり方もまったく違っていた。

「そういう意味なら……」

物《もの》の怪《け》は、昌親をまっすぐに見返した。

「お前や、成親のほうが、よほどあいつの傷を理解してやれるだろう」

「……………そう、だね。確かに……」

昌親は、目を細めて嘆息《たんそく》した。

彼は、ひとの心を常に尊重する性分《しょうぶん》だ。昌浩が言わないのであれば、聞く必要はないのだろうと思っていた。必要があれば昌浩自身の口から聞くことになるだろうし、言いたくないと思っているものを無理に聞き出すようなことを、しようとは思わない。

それは、傷をさらにえぐる行為《こうい》だからだ。

「人間は、弱いから。……陰陽師は、弱さを持っていても、それで動揺してはいけないものだから。……どこかで、繊細《せんさい》な部分を潰《つぶ》さなければいけない」

昌親は、雨滴《うてき》の落ちる空を見上げた。

「勝手な話だけれど。私も、兄上も。昌浩には、そんな思いを味わわせたくなかったんだ」

「……ああ」

「いつかそれを味わう日がきても、できるだけ傷つかないようにと、願っていたのに」

物の怪は、目を伏《ふ》せた。

その想《おも》いを、物の怪も持っていた。

最初に聞いた、昌浩の誓い。

誰も傷つけない、誰も犠牲《ぎせい》にしない、最高の陰陽師に、なる。

いつか違《たが》えられてしまう誓いだと知っていた。それでも、昌浩がその誓いのままに生きていければいいのにと、願っていた。

だがそんなものは、物の怪たちの勝手な想いだ。現実に、陰陽師として生きていく以上、将来得るであろう伴侶《はんりょ》や、いつか生まれるだろう我が子にも、決して見せてはいけないものを抱え込み、陰《かげ》を持っていることにすら気づかせないように振《ふ》る舞《ま》いつづけなければならなくなっていく。

晴明も、吉昌も。成親も昌親も、そうやって生きてきた。昌浩もこれからはそういうものを抱えていくのだ。陰陽師とは、そういうものなのである。

言ってしまえば、それだけの話。些細《ささい》な傷であれば、一年、二年と、時が過ぎていくごとにゆっくりと癒《い》えていく程度のものであれば、それだけの話で済んだ。

「俺は、その場を見てはいない。だが、昌浩にとっては、生きてきた中で一番の衝撃だったろう。あいつはずっと、必死で平静を保とうとしていた。仕事に没頭《ぼっとう》していれば、その短い時間だけは忘れていられる。邸《やしき》に戻《もど》ってからも、できるだけ部屋にこもって書物を紐解《ひもと》いていた。そこに集中して、余計なことを考えないように」

それでも、眠《ねむ》れば夢を見る。ふとした時に、つい考えてしまう。

そうやって、繰り返し繰り返し、甦《よみがえ》る記憶《きおく》に追い詰《つ》められて、身動きが取れなくなっていった。

言葉でそれを説明するのは容易《たやす》い。表面的なものを語れば、それで充分《じゅうぶん》だ。だが、その奥にある様々な感情は、決してそれだけでは伝えることができない。

「昌浩自身が混乱して、どうしようもなくなって、一番護りたかったはずの彰子から逃げた。ひとことで言えば、そういうことだ」

そして、結局は逃げたのだということに、逃げるほど実は自分は弱いのだということに、未《いま》だに気づけていない。

昌親は黙《だま》ったまま頷《うなず》いた。

物の怪の語気が過ぎるほどに静かなのは、己《おの》れの感情をすべて抑《おさ》えこんでいるからだろう。でなければ、物の怪が、紅蓮が、そのことについて何もできずに抱えている苛立《いらだ》ちや憤《いきどお》りが、感情の波となってもれてしまうからだ。

紅蓮の力は強い。そばにいるだけで、ほかの者に影響《えいきょう》が出るだろう。

そして物の怪は、何もできない自分がそばにいるよりはと、玉依姫に一縷《いちる》の望みを託《たく》した。

「誰が許しても、自分が許さなかったら、心は決して休まらない。自分を責めている限り、成長はできない。そこから動けないからな」

それには自分で気づかなければいけない。ひとに言われても、心がそれを拒《こば》めば、それはただの言葉としてすり抜《ぬ》けてしまうだろう。

雨が降っている。

物の怪の言葉と、雨の音を、昌親は黙って聞いていた。

どれほどそうしていただろうか。

物の怪は、昌親に尋《たず》ねた。

「……お前は、その傷を癒《いや》すのに、何年かかった？」

青年は瞬《まばた》きをする。

物の怪がさしているのは、斎が指摘《してき》した、心の奥にある傷痕《きずあと》のことだ。

少し笑って、昌親は首を傾《かたむ》けた。

「あまり、よくは覚えていないけど……。三年、かな」

そうかと、物の怪は頷いた。

よく、それだけの短い時間で、癒せたものだ。

「陰陽師を志すものは、必ず越えなければいけない壁だから、仕方がないけどね。それでも、抜け出すまでは、自分が迷路《めいろ》にはまり込んでいることにも気づけていなかった」

それこそ、気づくのに年単位かかってしまったのは、自分がいまの昌浩と同じように、己れが傷を負っているという事実から目を背《そむ》けて、忘れたふりをすることでやり過ごしてしまったからだろう。

「……みんな、ずっと案じてくれていた。そのことに、あとになってから気づいた。……感謝している」

何も言わずに、見守ってくれていた。家族も、神将たちも。

息をついて、昌親はひとつ頭《かぶり》を振《ふ》った。そのまま口を開く。

「宮の中で、何か発見は？」

話題を変えたということは、この話はこれきりということだ。昌親はすべてを知りたいわけではなかった。弟がいまどういった状況《じようきよう》であるのか、正確なところを知っておきたかっただけなのだ。

わからないままでいたら、自分にできることを見落としてしまうから。

自分が兄にそうしてもらったように、必要なときに手を差しのべられるように。

物の怪は耳をそよがせた。

「ここの神職…阿曇という あの白い女が言っていた、度会氏と思《おぼ》しき奴《やつ》らが、言い争っていた」

そうして物の怪は、自分が隠形《おんぎょう》して見聞きしたものを、できるだけ正確に語って聞かせた。

時折質問を差し挟《はさ》みながら聞いていた昌親は、度会禎壬と潮彌の思惑《おもわく》を知って、胡乱《うろん》げに眉《まゆ》根《ね》を寄せた。

「斎というあの少女が、役立たず…？」

物の怪と同様の感想を持った昌親である。彼女は決して無力ではないはずだ。

力はあっても、巫女《みこ》の代わりに実質的な神事を行う物忌《ものいみ》には不向きということなのだろうか。

斎と、彼女を護っている益荒の姿を交互《こうご》に思い描《えが》く。阿曇と、益荒というあの青年は、神将にも匹敵《ひってき》するほどの通力を有しているようだった。

その阿曇と益荒が護っている少女。彼女は一体何者なのだろう。

三人の姿に、悲痛な面持《おもも》ちを浮《う》かべている昌浩の姿が、唐突《とうとつ》に重なった。

「……昌浩は、どうなっただろう？」

ぽつりと、昌親は呟《つぶや》いた。

◆　　◆　　◆

地鳴りとともに、海が割れていく。

そんな光景が、広がった気がした。

息を呑《の》んだ昌浩が声を上げそうになると、すぐ真後ろで穏《おだ》やかな声音《こわね》が発せられた。

「落ちついて」

はっと振り返ると、白い装束をまとった玉依姫が、昌浩のすぐ後ろに立っている。

唐突に景色が変わり、その直後に現れた玉依姫。それはおそらく実体ではない。

ここは昌浩の夢の中。夢の中に現れるのは、神、死者、あるいは生者の魂だ。

とうに命を終えている榎笠斎を昌浩の夢に導くほどの力を持っているならば、ここに現れることくらい玉依姫には造作もないことなのだろうと思われた。

昌浩の両肩《りょうかた》に手を置いて、玉依姫は厳《おごそ》かにつづけた。

「ここは、うつつと夢殿の狭間《はざま》。あなたはまだ、ここに留《とど》まって、心を休ませなければなりません」

瞬きをして、昌浩は周囲を見回した。

暗い闇《やみ》の底だった。

気がつけば潮が引いて、黒い影《かげ》が巨木《きょぼく》のように天へのびている。

どこまでも続いている、高い柱だった。

「これは…？」

茫然《ぼうぜん》と見上げる昌浩に、玉依姫は、彼と同じように柱を見上げながら目を細めた。

「地御柱。――この国の礎《いしずえ》とも言うべき、巨大《きょだい》な柱」

「つちの…みはしら…？」

聞きなれない言葉に、昌浩は頭の中で漢字を当てはめた。

土。壌。――地。

国の礎。それは、象徴《しょうちょう》という意味だろうか。ならば、存在そのものがもっとも高貴で、なくてはならない柱は、都におわす今上の帝だろう。

天照大御神の後裔《こうえい》たる今上の帝は、国家の礎とも言うべき存在だ。

数万の民《たみ》の上に立つ、至高の存在。帝は、その存在そのものが国家安寧《あんねい》の要《かなめ》だ。失えば国が傾く。

「帝の身に、何かが…？」

昌浩の呟きに、しかし玉依姫はゆっくりと首を振った。

「いいえ…。帝のことではありません」

「違《ちが》う？」

頷いて、玉依姫は柱を指差した。

「この柱は、この国を真実支えるものなのです。見えるでしょう？」

彼女の白い指が指し示す先に目を凝《こ》らした昌浩は、柱が黒い縄《なわ》のようなものでびっしりと覆《おお》われているのに気がついた。

見える部分すべてに、黒い縄が巻きついているのだ。

「あれは、いったい……」

一歩を踏《ふ》み出しかけた昌浩の肩《かた》を、玉依姫が引き戻《もど》した。

「いまのあなたでは、あれに呑まれてしまいます。近づいてはなりません」

昌浩は、玉依姫を振り返った。姫は柱をまっすぐに見つめている。その瞳《ひとみ》に、愁《うれ》いが宿っているのが見て取れた。

柱を顧《かえり》みて、凝視《ぎょうし》する。

巻きついているものは、かすかに蠢《うごめ》いているようだった。

それに気づいた瞬間《しゅんかん》、昌浩の全身がざっと総毛立った。ざわざわとしたものが肌《はだ》の下を這《は》い回っているような感覚。

思わず身を引くと、玉依姫に寄りかかるような体勢になった。

「…、ごめんなさい」

慌《あわ》てて謝る昌浩に首を振り、玉依姫は膝《ひざ》を折った。

端座《たんざ》して柱を見上げる姫の隣《となり》に、昌浩もつられて腰《こし》を下ろす。

耳を澄《す》ませると、遠くで地鳴りに似たものが響《ひび》いているのが感じられた。

それは徐々《じょじょ》に近づいてくるようだった。

「……地鳴り…」

眉根を寄せる昌浩の隣で、玉依姫が口を開く。

「――苦しんでいるのです」

瞬きをして、昌浩は姫の口元を見つめる。彼女は柱を見つめたまま、微動《びどう》だにしない。

黒い柱はどこまでも高く。地鳴りは遥《はる》か上方から落ちてくる。

昌浩は混乱した。地面が鳴るから地鳴りなのに、それは上の方から生じているのだ。

地に手をつく。ひやりとしていた。その下のほうから、かすかな脈動が伝わってくる。

ああ、これは、気脈の動きだ。

昌浩は自然にそう思った。何がどうということはわからないが。

誰が苦しんでいるのだろう。

昌浩の疑問に、玉依姫は厳かに答える。

「この国を支える神が、苦しんでおられるのです」

そうして彼女は、苦しそうに息を吐《は》き出した。

「……私の祈《いの》りは、もはや神に届きません」

届かなくなってしまった。天へも、地へも。

「常に祈りを奉《ささ》げていますが、それに神が応《こた》えてくださらなくなってしまった……」

時折、本当に時折。天の神が、彼女の心にその意を伝えてくる。彼女はそれを言霊《ことだま》として捉《とら》え、神官たちに伝える。

そして必要とあらば神事を執《と》り行い、実質的な祭事を物忌が担うのだ。

彼女は祈り、神の意を降ろす。

そういう存在なのだった。

柱を見つめていた玉依姫は、黙したまま己《おの》れを眺《なが》めている昌浩に目を向けた。

「あなたの心は、ひどく傷ついていました」

昌浩は頷《うなず》いた。いまならば、それがわかる。ずっと、目を背《そむ》けてきた。けれども、いつまでも背けつづけることはできない。

「その傷を、闇に属するものたちは特に好みます。傷を負ったままでは、心も、魂《たましい》も、いびつなものに変貌してしまうのです」

まっすぐにのびていく光が曲がれば、そこに歪《ゆが》みが生じる。歪みは隙間《すきま》となって闇を呼ぶ。ひとの心は弱く、簡単に闇に染まってしまうものなのだ。昌浩はそれを知っていたはずなのに、どこか絵空事で、己れのものとして実感したことがなかった。

闇に堕《お》ちかかったからこそそれがわかる。

それがどういうことなのか、真実は、体験したものでなければ理解できないだろう。

「あなたは、とても弱い心を持っています。強いと思っていても、弱く、脆《もろ》く、浅ましく、醜《みにく》く……。だからこそ、光を求めて、それをさらに輝《かがや》かせることができるのですよ」

ひどい傷を負うことで、昌浩の中にある闇の部分は深度を増した。闇が深いということは、それだけ強い光を持てるということだ。

「これからも、あなたは成長するたびに、何度も傷つくでしょう。けれども、決して呑まれないで。呑まれてしまったら、この柱が砕《くだ》かれてしまう」

ここはうつつと夢殿の狭間。

夢殿には、死者と、神が住む。

地御柱は神のもの。闇に呑まれれば、神を穢《けが》すための道具にされる。

ひとの心を失い、破壊《はかい》することに喜びと安らぎを見出《みいだ》して、すべてを砕くまで止まらなくなるのだ。

「闇に呑まれれば、ひとを陥《おとしい》れることに、傷つけることに、喜びを感じるのです。堕ちた自分と同じところに、かかわる者たちすべてを引きずり堕《お》とすでしょう。それは、死しても消えない業《ごう》となり、再び生まれ変わったとき、同じ道を繰《く》り返すさだめを負ってしまう」

それは、ひとの姿をした鬼《おに》だ。姿形まで完全に変わってしまう鬼とは別の、一見しただけではそうと見抜《みぬ》けない、恐《おそ》ろしい魔物《まもの》。

「この世にはいま、ひとの姿を保ったまま、心が壊《こわ》れて鬼と化してしまったものが、無数に存在しています。鬼は神を嫌《きら》い、光を嫌う。光は神なのです」

一旦《いったん》言葉を切って、玉依姫は立ち上がった。

「神の名は、人々の心から失われてしまいました。忘れられてしまった神の神威《しんい》は薄《うす》められます。それが闇に属するものの真の狙《ねら》いなのでしょう。それゆえに、あのように…」

昌浩もまた立ち上がり、玉依姫を見上げた。

「あの縄のようなものを、切ればいいんですか？」

切り落として、柱の表面から取り去れば、柱は砕かれずにすむのだろうか。

姫は昌浩を見下ろして、悲しげに頭《かぶり》を振《ふ》った。

「切れません。たとえ切っても、元を断《た》たなければ、再びあれは柱を覆います」

「なら、元を断つ術《すべ》を、教えてください」

しかし、昌浩の問いに玉依姫は答えない。彼女は柱を顧みて、目を細めた。

「あなたの心の奥底には、いまも闇《やみ》につながるものがひそんでいます。それを解き放つことのないように」

昌浩は、無意識に自分の胸元《むなもと》を押さえた。

そこに、固い感触《かんしょく》がある。それがなんなのか、見なくても昌浩にはわかった。

胸の奥が痛む。まだ、心はひどく揺《ゆ》れ動く。

自分が本当にしたかったことはなんだろう。あれほどに勁《つよ》さを求めたのは、何のためだったろう。

彼女を護りたいと思った。誓《ちか》いを守りたいと思った。それはすべて誰のためのものだったろうか。

忘れていた。すべては、自分のためだ。

彼女のために彼女を護《まも》りたいのではなくて、自分のために彼女を護りたかった。

誰かのために誓いを守りたいのではなくて、自分のために守りたかったのだ。

違《たが》えたくなかったのは、自分の矜持《きょうじ》。自分の心。強くありたいと望んだのも自分なら、弱さから目を背けて浅ましさと醜さをひた隠《かく》したかったのも自分自身。

ああ、そうだ。

昌浩は、ぽつりと呟《つぶや》いた。

「……俺…まだまだ、何もできないんだ……」

7

昌浩の言葉に、玉依姫は不思議そうな顔をした。

「——なぜ、そのように思うのですか？」

本当に訝《いぶか》っている。首を傾《かたむ》けた玉依姫は、もう一度問いかけてきた。

「なぜ？」

「え……」

咄嗟《とっさ》に言葉が出てこない。

昌浩は考え込んだ。自分はまだまだ半人前で、わからないこともできないことも、あまりにも多くて。こうでありたいと望む姿には到《いた》らず、ことがあるたびに、目指す背中との差を思い知らされる。

そう正直に口にすると、玉依姫は首を振った。

「いいえ……。そのようなことは決してない。あなたは、ひとつひとつ乗り越えてきたことを、いま忘れてしまっているだけ」

あまりにもつらかったから。つらいのは、自分が何もできなかったからだ。できないから、だから仕方がないのだと、思いたいのだ。

昌浩は動揺《どうよう》した。心の奥が震《ふる》えている。ざわついて、嵐《あらし》のように大きくうねっている。

「この柱を砕くのは、闇に染まったひとの心でしょう。ならば、この柱を守るのは、光を持ったひとの心です」

ひとは、どちらにもなれる。狭間《はざま》に立ったとき、どちらを選ぶかで、道は簡単に分かれるのだ。

玉依姫は、淡《あわ》く、悲しく微笑《ほほえ》んだ。

「……こうやって、あなたと言葉を交《か》わせることは、もうないでしょう。だからこそ、忘れないで」

彼女は昌浩の頬《ほお》を包み込むようにして、目を伏《ふ》せた。

「あなたはどちらにもなれて、私はあなたを光に戻《もど》すために、あの方をここに招きました。あの方は、いままで一度も、近しい者たちの夢に現れたことがなかった」

先ほど会った、榎岦斎のことだと思った。

夢殿に住む者は、ひとの夢の中に現れることができるのだ。それが、一度も現れていないということは、祖父は彼の夢を一度も見ていないということでもある。

自分は間違《まちが》えてしまったからと、岦斎は何度も言っていた。間違えてしまったから、会えないと思っているのかもしれない。

ふいに、玉依姫が言葉を発した。

「――この柱を守ってほしい。柱を縛《しば》るあの黒い縄《なわ》を、断ち切ってほしい」

昌浩は、少し面食《めんく》らった。突然《とつぜん》、語気が変わったからだ。細かった声音が太く低く。

「どう、やって…」

いまし方、切れないと言われたばかりだというのに。

玉依姫は瞼《まぶた》をあげた。

「心が闇に染まってしまった者が、いる。その者を闇からすくい上げてほしい。その者こそがこの柱を覆《おお》う、あの黒い縄を作り出してしまっている」

「それは、誰なんですか？」

「…………」

玉依姫は答えない。

そうして彼女は、昌浩を解放し、柱に向き直った。

「……神の意は、もはやここには届かない」

昌浩は瞬《まばた》きをした。

玉依姫がいう神とは。

わからない。聞けば聞くほど混乱する。玉依姫は何を伝えたいのだろうか。

考えて考えて、必死で考えていた昌浩は、唐突《とうとつ》に理解した。

ひとの思惑《おもわく》で捉《とら》えようとするから、難しくなっていくのではないだろうか。

貴船の祭神高龗神を思い出す。あの神も、そのときによって言うことが変わり、不可解な物言いをすることが多いのだ。

神の思惑はひとの心では推《お》し量れない。

神の言葉はひとのものとは別のもの。相反するときもあれば、同じことを示すこともある。

昌浩は、ふと、思った。

神の意だ。

記憶《きおく》を掘《ほ》り起こす。これまでに交わした、玉依姫との対話。

突然、語調が変わった。それまでの、静かで、どこかにやわらかさを帯びていた声音《こわね》から、厳《おごそ》かで毅然《きぜん》としたものに。

はっとして息を呑《の》む。知らずに足を一歩引いていた。

柱を見つめている玉依姫の横顔に、別の面差《おもざ》しが重なって見えた気がした。

淡い燐光《りんこう》を放つそれは、玉依姫ではないものだ。

「……神…」

いずれかの神かはわからない。だが、先ほどまで昌浩と言葉を交わしていた玉依姫とは違《ちが》う、まったく別の意思が、いま彼女を支配しているのだと悟った。

玉依姫は、その名の通り神をその身に降ろすのだ。

彼女はおもむろに昌浩を顧《かえり》みた。瞳《ひとみ》の奥にある強い光に、見覚えがあった。

あの龍神《りゅうじん》の、瑠璃《るり》の双眸《そうぼう》の奥に宿る鮮《あざ》やかな輝《かがや》きを想起させる。これは、紛《まぎ》れもなく神のものだ。

「地御柱を守るのだ。守らねば、この国は砕《くだ》けて消える。これは国の礎《いしずえ》」

昌浩は背筋を正した。

「……では、そのための術を、教えてください」

「帝の姫を、これへ。伊勢ではなく、我が許《もと》へ」

内親王脩子だ。だが、天勅は伊勢に脩子を連れて行くということだったはずだ。なぜ、伊勢ではなくここなのか。

「伊勢に向かわせてはならぬ。向かえば姫は命を落とす」

昌浩は息を呑んだ。

脩子とは浅からぬ縁《えにし》だ。昌浩が一方的にそう思っているだけだが。

脩子にはいま、祖父と彰子が随従《ずいじゅう》している。脩子が命を落とすということは、ともにいるものにも影響《えいきょう》が及《およ》ぼされるのではないだろうか。

「なぜ、命を落とすのですか」

「伊勢にたどり着けば、巫女《みこ》としての役割を課せられる。雨のために神気の薄《うす》れた伊勢には、光を求めた魔物《まもの》が集《つど》いはじめている」

魔物たちが好んで狙《ねら》うのは、年端《としは》もいかない幼い少女。

「伊勢において、生贄《いけにえ》となる命。失われれば、それまで保たれていた光が消える。帝の姫もまた、天照大御神の分御霊《わけみたま》である」

皇家の祖である天照大御神。この国にはいま、天照大御神の光が届かなくなっている。神の分御霊である脩子の命を伊勢で奪《うば》う。それは、遠い神話の時代に天照がその姿を岩戸の奥に隠《かく》してしまったのと、同じ状態を作り出す。

神話の天照大御神は岩戸を開いて再び地上に姿を見せた。だが、脩子はあくまでも人間だ。命を奪うことは容易《たやす》く、奪われれば甦《よみがえ》ることはありえない。

昌浩の心臓が不自然に跳《は》ねる。

このままでは、脩子とともにいる彰子にも、危険が迫《せま》る。

青ざめていく昌浩を、玉依姫は黙然《もくぜん》と見つめた。表情がまったく動かない。神にとっては、人の心の動揺など些細《ささい》なものなのだろう。

閉じたはずの傷が、再び痛み出したかのようだった。縫《ぬ》い合わされた傷は二度と開かないと、岦斎は言っていたのに。

傷が開いたわけではない。動揺すれば、痛みがぶり返す。それは、記憶しているからだ。傷だけでなく痛みも過去のものにするためには、まだまだ時間が必要だった。

胸元《むなもと》を押さえて、昌浩は何度も深呼吸をした。夢と現《うつつ》の狭間において、この痛みはより激しく、存在を主張する。本来見えないはずの傷は、ここでは現実のものと変わらない。いや、むしろ深いかもしれなかった。

膝《ひざ》をつく昌浩を見下ろしていた玉依姫は、身を翻《ひるがえ》し、柱に向けて両手を広げた。

唐突に闇《やみ》が濃《こ》くなっていく。

少しずつ地鳴りが響《ひび》きはじめた。柱は闇にとけ、玉依姫の姿もその中に紛れて消えていく。

荒《あら》い呼吸を繰《く》り返しながら、昌浩は心を静めようと懸命《けんめい》になった。

行かなければ。どこに。

護《まも》らなければ。誰を。

大きく息を吸い込んで、昌浩は唸るように呟《つぶや》いた。

「……彰子…、彰子の、ところに……！」

ほかの誰でもない、彰子を護るために。

誰かのための誓《ちか》いではない。自分のための誓いだ。自分が彼女を護りたいから、痛くても、傷を負っても、苦しくても、つらくても、行くのだ。

片膝《かたひざ》をついた昌浩の背後に、白い影《かげ》が現れた。

「……未《いま》だ、心の平穏《へいおん》には遠い」

昌浩は、顔を歪《ゆが》めながら振《ふ》り返った。

「きみ、は……」

あの巨大《きょだい》な三柱鳥居があった洞穴《どうけつ》で、玉依姫とともにいた少女だった。

少女は昌浩の正面に回りこんだ。胸元を見つめて、瞬きをする。

「……これでは、すぐにまた開いてしまう」

どくんと、胸の奥がはねた。

少女はついと目を細める。

「それは、痛みの記憶。傷はもうない。痛みの記憶に苛《さいな》まれて己《おの》れを責めるのは、もうやめよ」

息をついて、少女は手をのばし、昌浩の額に触《ふ》れた。

「その痛みを取り去る代わりに、わらわの頼《たの》みを聞いてほしい」

昌浩は、目を見開いた。

◆　◆　◆

もうすぐ巳《み》の刻にさしかかる。

垂水の仮宮では、出立するかいなかの論争が未《いま》だにつづいていた。

守直は、一刻も早くと主張していた。だが、心労のあまり、脩子が熱を出してしまったのだ。

彼女の体調を考えると、数日はここに留《とど》まって休むべきだと、女房《にょうぼう》の雲居が頑強《がんきょう》に譲《ゆず》らない。

「姫宮様の御身《おんみ》を最優先に考えるべきです。一日や二日は留まって、落ちついてご静養させなければ」

「ですが、雲居殿。ここは所詮《しょせん》仮宮。薬師《くすし》も呼べぬような山奥です。ここに留まるよりは、一刻も早く伊勢国に入り、斎宮寮に到着《とうちゃく》して、休ませて差し上げることこそが重要かと」

食い下がる守直の前に立ちはだかり、女房は眉《まゆ》を吊《つ》り上げた。

「御年五つの幼い姫宮様に、病を押して鈴鹿《すずか》の峠《とうげ》を越えよと申されるのですか！」

さしもの守直もぐっと押し黙《だま》った。

この先にある鈴鹿の峠は、伊勢の斎王群行の折にももっとも険しいとされる道程である。輿《こし》に乗っているとはいえ、急な山道を移動するのは、無謀《むぼう》だろうと思われた。

「ですが、昨夜襲《おそ》ってきた虚空衆が、再び現れるやもしれません。一刻も早く、伊勢に入り、天照の守り深き神宮《じんぐう》に入ることが最上」

守直はどうしても引かない。

風音は険のある目で彼を睨《にら》んだ。その眼光の思わぬ鋭《するど》さに、さしもの守直も怯《ひる》んだようだった。一介《いっかい》の女房がこんな目をするとは。

「……虚空衆は、おそらく姫宮様を諦《あきら》めてはいないはず。奴《やつ》らは姫宮様を奪うためならば、なんでもやってのけるでしょう。幸いにして昨夜は怪我《けが》人だけで済みましたが、次は誰かが命を落とすかもしれません、そうなる前に…！」

詰《つ》め寄り、ともすれば女房を押しのけて姫宮の部屋に入るのではないかと思われるほど、守直は切迫《せっぱく》している様子だった。

しかし、几帳《きちょう》の前で両手を広げ、女房は彼を退けた。

「ここで無理をされれば、さらにお悪くなってしまう可能性があるのです。お諦めなさいませ、守直殿」

きっぱりと断言されて、守直は唇《くちびる》を引き結んだ。

しばらくそこで女房を睨んでいたが、守直はそのまま黙って踵《きびす》を返した。

青年の姿が見えなくなるまでそこから動かなかった女房の横に、神気が顕現《けんげん》する。

「風音、すごい剣幕《けんまく》ねぇ」

感心しきりの太陰に、風音は困惑《こんわく》した様子で眉根《まゆね》を寄せた。

「だって、姫宮をいま動かすなんて言うから……」

彼女の言うとおりなのだ。昨夜の襲撃《しゅうげき》の衝撃《しょうげき》と動揺《どうよう》で、脩子は高熱を出してしまっている。

それは、脩子だけでなく、彰子もだった。

太陰は息をついた。

「彰子姫も、精神的に参ってたしね……」

ずっと堪《こら》えてきたものが、堰《せき》を切ったかのようにしてあふれ出しているかに見えた。

それでも彰子は、茵《しとね》から起き上がって、脩子の傍《かたわ》らについているのだ。

先ほどからずっと晴明がふたりに快癒《かいゆ》の禁厭《まじない》をほどこしているのだが、それで熱が引いたとしても、すぐに移動するのはあまりにも酷《こく》というものだった。

風音の隣《となり》に六合が顕現する。

「いっそ、太陰の風で、姫宮と彰子姫と風音を、先に伊勢に送ったらどうだ」

太陰と風音は思わず顔を見合わせた。六合は抑揚《よくよう》に欠ける口調でつづける。

「晴明は渋《しぶ》るかもしれないが、ふたりのことを考えれば、雨の中を輿で移動するよりは、はるかに楽だろう」

「それは…そうだけど……」

応じて、しかし太陰は眉間《みけん》にしわを寄せた。おずおずとつづける。

「……わたしの風だと、余計に具合が悪くなるんじゃないかと、思うのよ」

太陰は己れをよく知っている。運ぶのはいいが、脩子と彰子の体調を考えると、あまり良い方法とも思えない。

確かにそのとおりだったので、六合は沈黙《ちんもく》した。

ふたりの間に立っていた風音が片手をあげる。

「待ってちょうだい。あまり早くに伊勢に入らないほうが、いいんじゃないかと思うの」

思いがけない風音の言葉に、太陰は目を丸くした。

「えっ？　どうして？」

声こそあげなかったが、六合の瞳《ひとみ》にも軽い驚《おどろ》きがある。

風音はふたりを交互《こうご》に見やった。

「……なんとなく。それ以外に、言いようがないんだけど……」

風音は頰《ほお》に手を添《そ》えた。

伊勢に下ったという天勅《てんちょく》は確かなものであると、この太陰と朱雀《すざく》が確認《かくにん》してきたのだという。晴明の式占でもそのように出たと聞いた。なのだが、どうしてだろう。何かが風音の心に波風を立てる。

伊勢に、本当に行くべきなのだろうか。

険しい面持《おもも》ちを浮《う》かべる風音を、六合は黙って見守った。彼女は神の血を引いている。その直感は、陰陽師である安倍晴明にも匹敵《ひってき》するはずだ。

いや、神が絡《から》んでいる分、彼女のほうがより強く不穏《ふおん》なものを感じるのかもしれない。

できるだけ出立を遅《おく》らせて、時間を稼《かせ》ぎたい。その間に、可能であれば風音が先に伊勢に入り、自分が感じているものがなんなのかを確かめたいと思いはじめていた。

安倍晴明がいれば、脩子たちは安心だろう。自分が一日程度この地を抜《ぬ》け出しても、問題はないはずだ。

そう口にすると、六合がかすかに顔をしかめた。言いたいことはあるのだが、それを言葉にはしない。

一方の太陰は、小さく唸《うな》った。

「むー。あんたが言うと、聞き捨てできない気がする。どういうこと？」

「それを調べたいの。晴明殿にもお話ししないと……」

鈴鹿の峠を越えて、そのまままっすぐに斎宮寮を目指すとなると、たとえいますぐ出立しても、到着するのは夜だろう。

「風音がいないと、姫宮が不安がるんじゃない？」

首を傾《かたむ》ける太陰に、風音は苦笑《くしょう》した。

「嵬がついていてくれているから、大丈夫《だいじょうぶ》だと思うんだけど……」

昨夜も大活躍《だいかつやく》をした鴉《からす》である。太陰はその勇姿を見ていないが、寡黙《かもく》な同胞《どうほう》に語らせたところによると、虚空衆という戦闘《せんとう》集団の頭目らしき相手から見事に脩子を解放したということだった。

いまも、嵬は脩子の腕《うで》の中にしっかりと収まっている。あの黒い塊《かたまり》がいなくなると、脩子はすぐに目を覚ましてしまうのだ。眠《ねむ》らせるために必要だからと風音に言い含《ふく》められて、嵬は不《ふ》機嫌《きげん》そうな様子ながらも、脩子の袿《うちぎ》の中にもぐりこんでいるのだった。

ふと、風が動いた。

「やれやれ……」

几帳の後ろから、晴明が姿を見せる。

老人は深く息を吐《は》き出した。

「晴明殿」

声を上げる風音に、晴明は渋い顔を見せた。

「禁厭はかけましたが……。やはり、いまのまま休んでいただくことが最善だと思われますよ」

風音と太陰が同時に嘆息《たんそく》する。やはりそうか。

太陰が片手をあげた。

「晴明、いま六合がね」

「うん？」

六合の提案を話すと、晴明は腕組《うでぐ》みをしてううんと唸った。

風で運べば確かに速い。しかし、風音の直感の話を聞くと、それはやめたほうがいいと、晴明も思った。勿論《もちろん》、太陰の風の荒《あら》っぽさも考慮《こうりよ》に入れている。

「わしもな、姫宮様だけでなく、あ…藤花《ふじか》殿もあの様子である以上、できるだけここに留まって静養すべきだと思うよ。ふたりとも、大層疲《つか》れている。体だけでなく、心もな」

老人の言に、一同は黙《もく》したまま頷《うなず》いた。

若い頃《ころ》から幾多《いくた》の困難をくぐり抜けてきた安倍晴明、それに従う十二神将。幼い頃に道反の聖域から連れ去られ、苦難を強《し》いられてきた風音。彼らは特に何が起ころうとも、さほど動じたりはしない。しかし、脩子は都を出るのが初めてなのだ。家族と別れ、近しいもののひとりもいない伊勢に、使命を帯びてくだるのである。

母のために、父のためにと、それだけを心の支えにしてここまでやってきたのだ。ただでさえ気を張っていただろうところに、得体の知れない者たちの襲撃を受け、あわやさらわれかけたのである。これ以上を強いることは、酷だと思われた。

彰子もまた、心をすり減らしている。あまり無理はさせたくないというのが、晴明の本音だった。

守直をどう説得すべきか。そのことに頭を悩《なや》ませていた晴明に、風音が告げた。

「晴明殿。私、伊勢に一足早く入ろうかと思います」

「伊勢に？」

「はい。下されたという天照の天勅が、どうしても気になって…」

ふいに、風音が言葉を切った。黒曜の双眸《そうぼう》に苛《か》烈《れつ》な光が駆《はし》る。

太陰と六合もまた、全身を緊張《きんちょう》させる。

晴明は、全身が瞬時《しゅんじ》に総毛立つのを自覚した。昨夜と同じ、鳥と獣《けもの》の気配が、仮宮を囲んでいる。

「いつの間に、結界を…！」

息を呑《の》む太陰に、晴明が命じた。

「太陰、姫宮様と彰子様を！」

「わかったわ！」

答えてから、太陰はあっと小さく呟《つぶや》いた。咄嗟《とっさ》に彰子の名を呼んでいる。

「晴明、気をつけて！」

几帳《きちょう》の後に駆けていきながら釘《くぎ》を刺す太陰に、老人は虚《きょ》をつかれたような面持ちで眉《まゆ》を寄せた。何を示唆《しさ》されたのか、気がついたのだ。

「しまった」

口の中で呟きながら、仮宮を守るための結界を張るべく結印する。

一方、風音と六合は、そのまま外に飛び出した。

予想通り、漆黒《しっこく》の獣と鳥がぐるりと仮宮を囲み、いまにも飛びかかってきそうな体勢で威嚇《いかく》の唸りをあげている。

雨は消えていた。雨滴《うてき》を弾《はじ》く巨大《きょだい》な結界だ。昨夜と同じ虚空衆の姿に、ふたりは舌打ちをしたい心境に駆られた。

このままでは、昨夜の再現だ。

肩《かた》に羽織っていた袿を仮宮の雨の当たらない場所に放り込み、袖口《そでぐち》に忍《しの》ばせておいた懐剣《かいけん》を抜きながら、風音は低く唸った。

「これで益荒と阿曇まで現れでもしたら、手に負えないわ」

益荒、阿曇両名は、虚空衆と対立しているようだった。だが、双方《そうほう》とも脩子を欲《ほっ》していることは一致《いっち》している。彼らが手を取り合うことはないだろうが、現れれば相当に厄介《やっかい》だった。

風音たちは脩子を守らなければならない。別々の敵が同時に襲《おそ》ってきたら、守備のための戦力が半減してしまう。

中には入れない。晴明が結界を張っている以上、彼が許さなかったら何人《なんぴと》もあの仮宮には入れないはずだった。

遠吠《とおぼ》えとともに、漆黒の獣が跳躍《ちょうやく》してくる。

六合の神気がそれらを弾き飛ばした。

弾かれた獣たちの下をくぐるようにして、虚空衆たちが疾走《しっそう》してくる。

六合は忌々《いまいま》しげに舌打ちをした。相手は人間だ。神気で弾くか、結界で寄せつけないか。いずれにしても、自分はまったく手出しができない。

そんな六合の心中を察したのか、袿と単《ひとえ》の下に短い衣《ころも》をまとっていた風音が躍《おど》り出る。

払《はら》われた刃《やいば》を懐剣で止め、受け流す。きいんと金属のぶつかる音が響《ひび》いた。

「風刃！」

片手で印を組んだ風音の呪文《じゅもん》が、無数の刃と化す。突進《とっしん》してきた虚空衆が三人、術を受けて撥《は》ね飛ばされた。

それと入れ替《か》わるようにして、新たな刺客《しかく》が滑《すべ》り込んでくる。うちの二名を阻《はば》んだが、止め切れなかった二人が仮宮の中に侵入《しんにゅう》を果たす。

「晴明殿！」

風音の叫《さけ》びが轟《とどろ》いた。獣たちを銀槍《ぎんそう》で一掃《いっそう》した六合が身を翻《ひるがえ》す。同時に、棟《むね》の反対側で爆裂《ばくれつ》のように轟音《ごうおん》が生じた。

「……っ！」

短い悲鳴があがった。

風音と六合ははっとした。いまの声は。

「彰子姫⁉」

さしもの六合も顔色を変えた。晴明がともにいるのではなかったのか。

風音に目線を向けると、彼女は黙《だま》って頷いた。六合はそのまま仮宮に駆け込む。

倒《たお》れた几帳の向こうに、幾《いく》つかの人影《ひとかげ》があった。

脩子の部屋の壁《かべ》が割られている。術で破られたのだろう。

穿《うが》たれた穴の向こう、庭先で、安倍晴明は印を組みながら、虚空衆と対峙《たいじ》していた。

太陰は必死で漆黒の鳥を打ち落としている。

黄褐色《おうかっしょく》の瞳《ひとみ》が室内を瞬時に見渡《みわた》す。

彰子は壁に背を預けて顔を歪《ゆが》めている。突《つ》き飛ばされたのかもしれなかった。

姫宮を捜《さが》した六合は、茵《しとね》の上でうずくまる脩子の前に諸手《もろて》を広げ、虚空衆のひとりと対峙している守直を見た。

いつの間に、と、六合は目を見張った。奥に入っていったはずなのに。

体を丸めたまま動かない脩子を背後にかばい、守直は虚空衆の者と睨《にら》み合う。

しばらくそうしていた虚空衆の男は、ふと瞬《まばた》きをした。

「……貴様、磯部守直……？」

守直ははっとした。

突きつけられた刃も忘れて、守直は腰《こし》を浮《う》かそうとした。

「お前は……っ！」

覆面《ふくめん》から覗《のぞ》く虚空衆の目に、苛烈な輝《かがや》きが駆け抜《ぬ》けた。

「生きていたのか……！」

8

海津見宮の西の棟。しつらえられた祭壇《さいだん》の前で、度会禎壬は端座《たんざ》していた。

円座につき目を閉じて、度会氏の長老は一刻以上ひとことも発しない。

その背を、潮彌は表情を消して見つめていた。

虚空衆がもうじき姫宮をつれてくる。

斎などとは違《ちが》う、正しく物忌《ものいみ》としての任を果たせる少女が。

そうすれば、物忌としての祭事を任せることができる。

潮彌は両の膝頭《ひざがしら》をぐっと握《にぎ》った。

斎さえ、いなければ。斎さえいなければ、この島には昔と同じ平穏《へいおん》が戻《もど》るはずだ。

あの忌《い》み子さえいなければ。あれがいるから、すべてが狂《くる》いだしたのだ。

にもかかわらず、斎はいまもこの海津見宮の東の棟で寝起《ねお》きし、祭殿《さいでん》の間にて祈《いの》りを奉《ささ》げる
玉依姫の近くに控《ひか》えているのだ。

斎など、邪魔《じゃま》なだけだ。斎がいるから、玉依姫の力が弱まっていくのだ。

斎の力などとりあげて、玉依姫にすべて献上《けんじょう》すればよいのだ。そうすれば、きっと姫の力は、

昔のままに戻るのだろう。潮彌は、その様を己《おの》れの目で見たことはない。だが、年嵩《としかさ》の神官たちからたくさんの話を聞いた。

玉依姫は、様々な神を降ろせるのだという。

伊勢の斎宮は天照大御神の巫女《みこ》だ。天照大御神の声しか降ろせないと考えていい。

玉依姫が降ろせるのは、天照大御神、月読尊《つくよみのみこと》、素戔嗚尊《すさのおのみこと》の三貴子をはじめ、高天原に坐《まし》ますべての神。

それだけではない。

三柱の神を筆頭とした、別天神《ことあまつかみ》。そのあとに生まれた神世七代《かみのよななよ》。

海津見宮は、天御中主神を主祭神とし、十七柱を祀《まつ》る。

物忌の任についているからこそ、斎はこれまで生きながらえてきたのだ。ほかに相応《ふさわ》しい童女がいないからだと、潮彌はほかの神官たちが憎々《にくにく》しげに吐《は》き捨てるのを何度も聞いた。

あの生意気な小娘《こむすめ》。力もないくせに、益荒と阿曇が守っているのをいいことに、自分たちの言うことを決して聞かない無力な物忌。

「………早く、帝の姫を…！」

五つだという内親王脩子。彼女が来れば、斎を退けることができる。あの憎《にく》い顔を見ずに済むのだ。

そして、玉依姫に安寧《あんねい》を差し上げることができるだろう。

潮彌は幼い頃《ころ》、神官の任につく以前に、たまさか姫の姿を拝したことがあった。島の西岸、あまり人の近づかない岩場だった。月の夜に、光り輝《かがや》くような美貌《びぼう》を垣間見《かいまみ》たのである。あのとき、潮彌は玉依姫に生涯尽《しょうがいつ》くすと誓《ちか》った。

度会の者たちは、みながみな宮に仕えることになっているわけではない。島の外に出たいと言えば、決して海津見宮のことを口外しないことを条件に、本土に渡《わた》ることも可能だ。もし宮のことを漏《も》らすようなことがあれば、翌日には亡骸《なきがら》が海に浮いている。

海津見宮の存在を秘するため、神職とは対極の影《かげ》として、虚空衆は存在している。しかし、伊勢の度会、荒木田、磯部の者たちは、虚空衆の存在を知らない。虚空衆はその名の通り、空のように常に目を光らせ、しかしその姿を風のように消しているものたちなのである。

彼らの姿を見て、生きていたものは、それまで存在していない。

うつむいて、潮彌は目を細めた。

いまごろ、帝の姫は、虚空衆が奪《うば》い取っているはず。

内親王に付き従ってきた者たちは、骸《むくろ》と成り果て、垂水の山中で雨滴に洗われているだろう。

祭壇の間から東の棟に戻った斎は、昌親と物の怪《もののけ》がいるはずの部屋に向かった。

雨音が響く。

角を曲がって部屋に入った斎は、ふと足を止めた。

あの白い異形が見当たらない。

視線をめぐらせている斎の様子に気づいた昌親が、瞬きをして問いかけた。

「どうしたんだい？」

斎は沈黙《ちんもく》をもって返した。

昌親は、彼女の視線が滑った箇所《かしょ》を追いながら、ああと合点《がてん》のいった顔をした。

「騰蛇…白い異形なら、ここの屋根の上にいるよ」

「屋根？　なぜだ」

斎の面差《おもざ》しに険がにじむ。勝手なことをするなと、その目が物語っていた。

昌親は苦笑《くしょう》した。

「本当に、屋根にのぼっているだけだ。ここで黙っていると、苛立《いらだ》ちが募《つの》らしくて。雨に打たれて頭を冷やしている」

別に、これは物の怪が言い置いた言葉ではない。落ちつきのなかった物の怪を観察していた昌親が、尻尾《しっぽ》を振《ふ》って不機嫌《ふきげん》そうに屋根にのぼった白い姿を目で追いながら、大方こういった理由だろうという見当をつけたのだ。

そして、それはおそらくはずれていない。

「……そうか」

斎は物言いたげな顔をして、それだけを口にした。

少しうつむき加減になった斎の髪《かみ》に、白いものが引っかかっている。

なんだろうかと思案した昌親は、それが紙を燃やした灰だということに気がついた。

「髪に、灰がついているよ」

斎は瞬きをして、それを払《はら》い落とそうと手をあげた。だが、かろうじて形を保っていた灰は、すぐに崩《くず》れて、髪にまといつく。

眉《まゆ》を寄せて髪をぱたぱた払っている。その手つきはいささか不器用そうだった。

いつもはこういった世話は、益荒か阿曇が焼いているのだろうと察せられた。あのふたりが斎を大切に大切にしているのは、傍目《はため》にも伝わってくる。

濡《ぬ》れたような漆黒《しっこく》の髪に崩れた灰が残っている。ある程度払って諦《あきら》めた様子の斎を、昌親は手招きした。

「おいで。取ってあげるから」

斎は一歩足を引いた。幼い面差しが強張《こわば》る。

昌親は辛抱《しんぼう》強く斎を招いた。不審《ふしん》げに青年を眺《なが》めていた少女は、用心深い目をしたまま、そろそろと近づいてきた。

「………」

「うん、ここに座って」

示されたのは、昌親の膝《ひざ》の前だ。斎は唇《くちびる》を引き結んで、黙《だま》ったまま腰《こし》を下ろし、端座した。

うつむいた斎のつむじより少し右のあたりで、崩れた灰が白い砂のようになっている。

それを丁寧《ていねい》に払って、昌親は首を傾《かたむ》けた。

「あとで、洗ったほうがいいね」

斎は上目遣《うわめづか》いに昌親を見た。黙ったまま目を逸《そ》らし、そのまま立ち上がって身を翻《ひるがえ》す。

だが、数歩行ったところで立ち止まった。

背を向けたまま、少女は口を開いた。

「……昌浩と、いうのは」

昌親は目をしばたたかせる。少女は僅《わず》かにうつむいた。黒髪がはらりとこぼれて、昌親からは彼女の表情が見えなくなる。

「なぜあれほどに、己れを責めていたのだろうか」

負っている傷は見えても、その原因までは彼女には見えない。

斎には、昌浩の心の最奥が、深くひどい傷を負って、血にまみれて喘《あえ》ぎながら泣き叫《さけ》んでいた様だけが見えていた。

玉依姫ならば、その先まで見通すことができるのだが、斎にはそれは不可能なのだった。

小さな背中に、唐突《とうとつ》に頼《たよ》りないものが見えた気がした。

昌親は言葉を選びながら答えた。

「……大切な約束を、大切なひとを、守れなかったからだと、聞いた」

少女の肩《かた》がかすかに揺《ゆ》れたようだった。彼女はしかし、振り返ることなくつづける。

「それは…なぜなのか、それを問うことは、許されるか」

「……すまない。私も、詳《くわ》しいことは知らされていなくて」

肩越《かたご》しにそろりと振り返り、斎は昌親の表情を窺《うかが》った。

青年は、穏《おだ》やかに彼女を見ていた。険のない視線。この海津見宮で、彼女に敵意以外のものを向けるのは、益荒と阿曇だけだった。

ほかの誰も信じられない。神官たちは、斎を、存在を、出自を、生まれたことそのものを、憎んで、忌《い》んでいる。

「命よりも、重いものだったのか」

彼女の投げかけた問いに、昌親は少し考えるそぶりを見せた。

「………どうだろう」

怪訝《けげん》そうに瞬《まばた》きをする斎に、昌親は穏やかに目を細めた。

「そんなことを考えたことすら、多分あれはないと思う。大切だから、護《まも》りたかった。大切だから、違《たが》えたくなかった。きっと、それだけだよ」

少女の瞳《ひとみ》が、一瞬《いっしゅん》だけ大きく揺れた。

「……大切なひとを、護れなかった？」

「そう」

「それは、失いかけたということだろうか」

昌親は、黙然《もくぜん》と頷《うなず》いた。目の前で、その身に刃《やいば》を受けた。それは昌浩にとって、彰子を失うということに等しかったはずだ。

様々なものが重なって、昌浩の心は傷を負った。原因はひとつではない。たくさんの要因があり、それはきっかけのひとつだったのだろうと昌親は思っている。

「……大切なひとを失いかけると、傷になる、か……」

呟《つぶや》いて、彼女はふいと視線を逸らした。

「……ならば……」

雨音が響《ひび》く。少女の呟きはあまりにも小さく、それに掻《か》き消されてしまった。

なんと言ったのかを尋《たず》ねようとしたとき、白い異形が軒先《のきさき》から飛び降りてきた。軒下で体を震《ふる》わせ、水を払う。

雨滴《うてき》とは別の飛沫《しぶき》が散る様を、斎は不思議なものを見るような目つきで眺めていた。

物の怪が室内に上がってくると同時に、彼女は足を進め、そのまま出て行った。

昌親の許《もと》までぽてぽてとやってきた物の怪は、訝《いぶか》しげに眉根《まゆね》を寄せた。

「なんだ？」

「うん。なんだか、何かを言いかけていたみたいだったけど、聞き取れなかった」

物の怪の瞳が、きらりと光る。

「……忘れるのは、大切ではなかったからか、と。言っていたようだ」

昌親は目を丸くした。

物の怪は耳をそよがせる。異形の姿でそうやると、本当にただの動物のようだ。

青年の面持ちに、物の怪は半眼になった。

「なんだ」

「よく、聞こえたなぁと思って」

「当たり前だろう。俺は十二神将だぞ」

頷いて、昌親は視線をめぐらせた。斎が去っていった廊《ろう》を見つめる。

忘れるのは、大切ではなかったからか。

それは、どういう意味なのだろうか。

「………昌親よ」

物の怪の語尾《ごび》に険が宿った。昌親の背筋がすっとのびる。夕焼けの瞳が鋭《するど》くきらめいた。

「どうも様子がおかしい。西側の棟《むね》に集まった神官連中が、ひそひそ話している」

どんな話を。

昌親が胡乱《うろん》な顔をする。物の怪《もののけ》は渋面《じゅうめん》を作った。

「さすがに近よれなかったが、……益荒と、阿曇は、どこに行った」

物の怪の指摘《してき》に、昌親ははっとした。

そういえば、常に斎に付き従っていたふたりの姿が、先ほどは見えなかった。

ふたりは互《たが》いの顔を見合わせた。

「……お前はここにいろ」

命じて、物の怪は身を翻した。

◆　◆　◆

安倍晴明は、黒衣《こくい》の術者と相対していた。

「虚空衆…！」

昨夜に引きつづき、こんな昼日中に現れるとは。脩子が伊勢に入る前にということなのか。

それほどに、脩子を伊勢に行かせたくない理由というのは、なんなのだ。

互いに一歩も譲《ゆず》らず、ふたりの術者は睨《にら》みあった。

「生きていたのか…！」

仮宮から放たれた唸《うな》りが、晴明の耳朶《じだ》を叩《たた》いた。

老人はちらとそちらに視線をやった。その一瞬の隙《すき》を、虚空衆は見逃《みのが》さなかった。

瞬時に跳躍《ちょうやく》し、晴明の懐《ふところ》に飛び込もうとする。横合いに飛ぼうとした晴明だったが、泥《どろ》に足を取られて姿勢を崩《くず》した。

「ぬ…っ！」

上空から引き攣《つ》れた悲鳴が落ちる。

「晴明っ！」

同時に、太陰の風が老人の肢体《したい》を取り巻き、瞬《また》く間に宙に押し上げた。

虚空衆の白刃《はくじん》が、晴明の首の部分があった場所を横薙《よこな》ぎに払《はら》う。首の代わりに切られたしずくが、真っ二つに裂《さ》けて散った。

「ちっ」

舌打ちする虚空衆の背後に、駆《か》けつけてきた風音が間合いを詰《つ》めて切り込んでいく。虚空衆はそれをぎりぎりでかわし、転がって難を逃《のが》れた。

水と泥《どろ》飛沫が上がる。その音の中に、小さな悲鳴が紛《まぎ》れた。

脩子を渡《わた》すまいと体を盾《たて》にしていた守直の右腕《みぎうで》の付け根に、虚空衆の白刃が深々と突《つ》き刺《さ》る。刃はそのまま袈裟懸《けさが》けに切り下ろされた。

「……っ……！」

うめき声を上げながら、守直はもんどりうって転倒《てんとう》した。背にかばわれていた脩子が、怯《おび》えた顔で硬直《こうちょく》している。袿《うちぎ》をまとった脩子に、虚空衆が手をのばした。

「さあ、姫宮。我らの宮にお連れいたそう」

「……っ」

脩子は喘《あえ》ぐように息を継《つ》ぎながら、懸命《けんめい》に首を振《ふ》った。声も出なければ体も動かない。それが唯一《ゆいいつ》できた、拒絶《きょぜつ》の意思表示だった。

壁《かべ》にしたたか打ち付けられて、目眩《めまい》を起こして動けなかった彰子が、のろのろと首をめぐらせた。

小さな脩子が、虚空衆の手に囚《とら》われて、抱《かか》えあげられる。

「……姫…宮、さま……っ」

彰子は必死で体に力を込めた。熱と痛みでうまく動かない四肢《しし》を、叱咤《しった》する。

護るというのは、本当に難しくて、力が足りないと思うことばかりだ。

唐突に、彰子はそう思った。

足りないことばかり。精《せい》いっぱいのつもりでも、どうしても、届かない。それがこんなに悔《くや》しいものだと、知ることもなかった。

自分はいつも護《まも》られていたから。自分はいつも呼ぶ側で。護ってもらう側で。

傷を負って立ち止まってしまった昌浩から、逃《に》げ出した。本当は、こんなときこそ近くにいなければならなかったのに。

自分がつらかったから逃げたのだ。そんな自分を、昌浩に見られたくない。

「……………姫宮……さま……！」

彰子はよろめきながら立ち上がった。虚空衆は、か弱い彰子など眼中にない。注意をしているのは晴明と、神将たちと、風音と。

行かせない。何があっても、行かせるものか。でなければ、ここに自分がいる意味がなくなってしまう。

彰子は全力で虚空衆の男にぶつかった。隙をつかれた男の手が一瞬ゆるむ。脩子の小さな体を抱えるようにして、彼女はそのまままろびかけながら仮宮を飛び出した。

足がもつれて体勢を崩す。結界に覆《おお》われた瞬間《しゅんかん》から雨滴の消えた庭先は、しかし泥でぬかるんでいる。

着替《きが》えたばかりの衣《ころも》が無残な姿になった。それでも、抱えた脩子には傷ひとつつけない。

「姫っ！」

太陰の叫《さけ》びが聞こえた。同時に風が鳴る。そこに、憤激《ふんげき》した男の唸りが落ちてきた。

泥まみれになった腕《うで》から、姫宮が無理やり奪《うば》い取られる。のばそうとした手は振り払われた。

届かない。

どくんと、胸の奥で鼓動《こどう》がはねた。

あのときに、昌浩もそうだったのだろうか。

自分に向けてのばした手が、届かなかった。そうして、自分の体に白刃が吸い込まれる様を見たのだ。

届かない。届かない。

護るということは、こんなにも難しい。

「姫宮！」

風音の声がする。

ごめんなさい。私はいつも護られてばかりだったから、何も知らなかった。

獣《けもの》の咆哮《ほうこう》と鳥の鳴き声が木霊《こだま》する。

彰子は必死で身を起こした。泥にまみれた頰《ほお》に涙《なみだ》がこぼれ落ちる。

「姫宮様……！」

血を吐《は》くような声で叫んだとき、凛《りん》とした声が駆け抜《ぬ》けた。

「――縛！」

◆　◆　◆

風が吹《ふ》いてくる。潮風だ。

物の怪《もののけ》は足を止めて、ひくひくと鼻をきかせた。

「……なぜだ？」

斎が消えたであろう、宮の奥に向かっていく。潮風は奥から吹いてくるのだ。

最北の棟《むね》は、大きな岩戸に向けられた祭壇《さいだん》となっていた。

物の怪は足を止め、注意深く視線を走らせた。

「……気配」

気配というよりも、神気、か。

荘厳《そうごん》な神気が漂《ただよ》っている。西の棟にも祭壇があったようだが、こちらは段違《だんちが》いに強く、激しい。祀《まつ》られているものが違《ちが》うのだろうか。

岩戸には注連縄《しめなわ》がかかっていた。これが神体なのだろう。

足音を立てないように祭壇をのぼり、岩戸の前に進む。

物の怪が入ってきた箇所《かしょ》以外、出入り口は見当たらない。

渋面を作って、物の怪は思案した。ここではなかったのだろうか。

うろうろとしていた物の怪の耳に、小さな音が聞こえた。物の怪は動きを止めて耳を澄《す》ます。

足音が聞こえる。岩戸の向こうだ。

物の怪は耳を動かして、岩戸をぺたぺたと触《さわ》った。どこかに入れる隙間《すきま》があるはずだ。さもなくば、この岩が動くのか。

本性《ほんしょう》に戻《もど》ればこれくらい動かすことは造作もない。

変化を解くために神気を解放した瞬間、重い岩戸が動き出した。

「……神気に反応するのか」

神々の住まう地には、こういった仕掛《しか》けがごく稀《まれ》にされている。神の許したものでなければそこに足を踏《ふ》み入れることができないのだ。

なぜ自分の神気に反応したのか、不審《ふしん》なものを感じはしたが、用心しながら岩戸の中に入ってみることにした。

風が吹き上げてくる。

夜目の利く物の怪の目には、下方につづく石段がつづいている様が見て取れた。

地下から、潮風が吹いてくる。海につながっているのだろうか。

訝《いぶか》っていた物の怪は、四肢の先にかすかな振動《しんどう》を感じて眉《まゆ》をひそめた。

「地鳴り…？」

白い尻尾《しっぽ》がぴしりと揺《ゆ》れる。昌浩を連れて行った先は、この下だろうか。岩戸の前にしつらえられた祭壇を振り返る。岩戸ではなく、岩戸の奥に向かっていると考えたほうがよさそうだ。

昌浩は、玉依姫の許にいるのだと言っていた。玉依姫は、巫女《みこ》だ。巫女は宮の最奥で、神の声を聴《き》くのである。

海津見宮の最奥はこの北の棟。だが、それらしい人影《ひとかげ》を、物の怪は一度も見ていない。玉依姫はさらに奥にいる。宮の最奥は、北の棟の地下から、さらに奥まで下っていくこの石段の先ではないのか。

壁に耳をつけて、伝わってくる振動を確認《かくにん》する。

地鳴りと、それとは別の振動があった。それほど強いものではない。

「潮風ということは、波の音か？」

耳を後ろに流し、物の怪は石段を静かに下りていった。

呼吸を十数えたあたりで、闇《やみ》の向こうにぼんやりとした炎《ほのお》の色が見えた。あれは篝火《かがりび》だ。

物の怪の読みは当たっていたようだった。

さらに下っていくと、篝火の間に、斎が端座《たんざ》していた。

背を向けたまま動かない斎。彼女の視線を追った物の怪は、そこに巫女装束をまとった後ろ姿を見出《みいだ》した。

あれが玉依姫だろうか。

そう考えた物の怪だったが、すぐにそれには疑問を覚えた。

巫女にしては、生命力が希薄《きはく》すぎる。まるで、いまにも息絶えてしまいそうな人間のそれに近い。

神に近しいということだろうか。神に近くなればなるほど、ひととしての霊力《れいりょく》ではなく、神と同じ神気を放つようになる。

だが。

物の怪は剣呑《けんのん》な目をした。

いくら気を凝《こ》らしても、そうとは思えない。

辺りを見渡《みわた》していた物の怪は、斎が端座している辺りから少し下がった箇所に、見覚えのあるものを見つけた。

物の怪は瞠目《どうもく》した。

「これは…！」

無意識に放った唸《うな》りが、斎の耳朶《じだ》に突《つ》き刺《さ》さる。

びくりと肩《かた》を震《ふる》わせて、ばっと身を翻《ひるがえ》す。

「貴様、なぜここへ…！」

怒《いか》りのためか、少女の声は震え、顔は青ざめている。

対する物の怪も凄《すさ》まじい剣幕《けんまく》だった。

「なぜこれがここにある！　これは昌浩の匂《にお》い袋《ぶくろ》だ！」

声を上げる物の怪に、斎は毅然《きぜん》と言い返した。

「静かに！　姫は祈《いの》りの最中であられる！　……それは、先ほど落としたのだ」

落ちていた匂い袋を拾い上げて、少女はそっと息をついた。

「それほどに大切なものならば、目がほどけるような結びかたをするな」

言われて見れば、ちょうど首の後ろにかかる場所にあったはずの結び目が、見事にほどけていた。

物の怪は後ろ足で直立し、斎の手から匂い袋を取り返した。そのあまりにも器用な仕草に、斎は瞬《まばた》きをした。

対する物の怪は、一触即発《いっしょくそくはつ》だった。

文字通り牙《きば》を剝《む》き、低く唸る。

「昌浩は、どこだ。答えろ」

斎は沈黙《ちんもく》する。

怒りできらきらと輝《かがや》いていた物の怪の瞳《ひとみ》が、唐突《とうとつ》にすっと凍《こお》りついた。

匂い袋を持ったまま、白い異形の姿から、長身の体軀《たいく》に立ち戻る。

片膝《かたひざ》をついた姿勢の紅蓮に凄まじい眼光で睨《にら》まれて、斎は少し怯《ひる》んだようだった。

紅蓮は視線をめぐらせた。

常に、昌親や物の怪を威嚇《いかく》していた益荒や阿曇の姿が見当たらない。

まさか。

「昌浩を、どこへやった」

怒気《どき》もあらわな訊問《じんもん》を、斎は表情を完全に消し去った面持《おもも》ちで受けた。

「——傷を癒《いや》す代わりに、わらわに力を貸してもらうことにした」

「なんだと?」

紅蓮の金色の双眸《そうぼう》が苛烈《かれつ》に光る。

斎はそのまま、玉依姫を顧《かえり》みた。

「わらわにはできぬことを、昌浩に託《たく》す」

剣呑さを増した紅蓮の瞳が、斎の横顔を射貫《いぬ》いた。

「どういう意味だ」

「わらわは、我が君たる神に、天御中主神に、一度だけ背《そむ》く。わらわの願いをかなえるために、昌浩の力を使わせてもらう」

苛立《いらだ》ちを隠《かく》すこともなく、紅蓮は半ば恫喝《どうかつ》した。

「どういう意味かと、訊《き》いている…!」

少女は唇《くちびる》を引き結んだ。

そのとき、地鳴りが生じた。

視線を走らせた紅蓮は、玉依姫の向いている先に建っている、三柱鳥居に気がついた。

三本柱の鳥居は、三柱の神を祀《まつ》る場の象徴《しょうちょう》だ。天御中主神。高御産巣日神《たかみむすびのかみ》。神産巣日神《かみむすびのかみ》。造化《ぞうか》の三神《さんしん》と呼ばれる、この国の天地開闢《てんちかいびゃく》神話に登場する、もっとも古い神だ。

三柱鳥居自体がとても珍《めずら》しいものなのに、あの大きさはどうだ。とても、ひとの力で造られたとは思えない。

驚愕《きょうがく》する紅蓮を一瞥《いちべつ》し、斎は厳《おごそ》かに口を開いた。

「我が君、天御中主神が、玉依姫に与《あた》えたもう鳥居だ。姫の祈りは、あの鳥居に向けて注がれる」

再び地鳴りが生じた。次いで、地がかすかに振動する。

雨音と波音が交じり合っていく。その中に、不気味な地鳴りが不協和音を響《ひび》かせている。

天井《てんじょう》の高い空間だった。風がどこからか入ってくる。篝火は風を受けて斜《なな》めに煽《あお》られていた。

不審がる紅蓮を振《ふ》り返り、少女は冷然と言い放つ。

「去るがよい。玉依姫の祈りを阻《はば》むものは、わらわが許さぬ」

対する紅蓮は、傲然《ごうぜん》と切り返す。

「昌浩はどこだ。答えろ。答えなければ、お前の言う玉依姫の祈りとやらを、阻むことも辞さんぞ」

斎は剣呑に紅蓮を睨んだ。

「無知であるがゆえに、大それたことを……！」

「黙《だま》れ小娘《こむすめ》。俺の質問に答えるのか、答えないのか」

情《なさ》け容赦《ようしゃ》の欠片《かけら》もなく威嚇する紅蓮に、斎は少しだけ及《およ》び腰《ごし》になった。が、毅然と胸を張って言い返す。

「わらわの頼《たの》みを受けて、あれは内親王を連れにいった」

さしもの紅蓮も虚《きょ》をつかれた。

「なに…？」

9

響いた声を、誰ひとりとして聞き違《ちが》えることなどありえなかった。

そして、誰もがおのが耳を疑った。そんなばかな。

「縛縛縛、不動戒縛、神勅降臨！」

脩子を抱《かか》えていた男の動きが、一瞬《いっしゅん》で拘束《こうそく》される。

それだけではない。その場にいたすべての者たちが、不動縛の術で動きを封《ふう》じられてしまったのだ。

虚空衆だけではない。晴明も、風音も、六合も。唯一《ゆいいつ》、上空にいた太陰だけがそれを逃《のが》れる。

身動きできなくなった虚空衆の男のもとに、長身の影《かげ》が舞《ま》い降《お》りた。

上空で見ていた太陰が、息を詰《つ》めて茫然《ぼうぜん》と呟《つぶや》く。

「うそ…どうして…？」

漆黒《しっこく》の鳥たちから気が逸《そ》れる。けたたましい鳴き声が耳をつんざいて、太陰は慌《あわ》てて視線を走らせた。眼前に鳥が迫《せま》ってくる。太陰は気合いとともに鳥の一団を叩《たた》き落とした。

落下していく鳥は羽と化して霧散《むさん》する。すべてそうだ。舞っていく羽が再び変化し、鳥の姿を取る。そうして数が増えていくのだ。まったくきりがなかった。

空を舞っているものに関しては、できるだけ太陰が払《はら》わなければならない。でなければ、晴明たちでは手が回らない。彼女はいま空を駆《か》けることのできる唯一の神将だ。白虎《びゃっこ》がいないいま、すべての責を負う覚悟《かくご》を持たなければならなかった。

いつもそのつもりではいる。しかし、絶対的に晴明のそば近くに控《ひか》え、必要とあらば身を盾《たて》にできる神将は、いまここにふたりしかいないのだ。

太陰と六合。このふたり以外、晴明を守るものはいない。

ふたりが守るべきは晴明だけではない。彰子と、脩子。このふたりもだ。

無限に襲《おそ》い来る鳥の群れを竜巻《たつまき》で叩き落としながら、太陰は必死に視線を落とした。

囚《とら》われていた脩子を、無造作に抱《だ》き上げる長身の青年。

「益荒、こっちだ」

呼ばれた青年は、脩子を抱えてひらりと跳躍《ちょうやく》した。

「く…っ、待て!」

唸《うな》りを上げた虚空衆の男が、全霊で不動縛の術を打ち破る。その霊力の連鎖《れんさ》が、晴明や神将たちにもかけられていた縛《いまし》めをほどいた。

咄嗟《とっさ》に均衡を崩《くず》した晴明に、虚空衆が襲いかかる。晴明が息を呑《の》んだ瞬間、その眼前に小柄《こがら》な影が滑《すべ》り込んだ。

刀印《とういん》が横殴《よこなぐ》りに払われる。

「――禁！」

瞬時に築かれた障壁が、虚空衆を跳ね飛ばした。

「…………！」

晴明は言葉を失ったまま呆然《ぼうぜん》とそれを見ていた。

なぜ、ここに。

「内親王を渡せ！」

益荒を取り込んだ虚空衆が霊力を放つと、漆黒《しっこく》の獣《けもの》たちが一斉に跳躍した。空を舞っていた鳥たちも、急降下をはじめる。

益荒が剣呑《けんのん》に眉を寄せた。

水の波動が大きくうねり、獣たちを呑みこんで逆巻く。

「阿曇、そのまま！」

阿曇が一瞥《いちべつ》すると同時に、真言が響き渡った。

「ナウマクサンマンダバサラダン、センダマカロシャダソワタヤウン、タラタカンマン！」

仮宮全体を覆《おお》っていた虚空衆の結界が、一瞬で木《こ》っ端微塵《ぱみじん》に砕《くだ》けた。

瑠璃《るり》が砕けるような音を立てて、こめられていた霊気《れいき》が霧散する。漆黒の獣《けもの》も鳥も、崩《くず》れて消えていく。

そうして、それまで阻まれていた雨滴《うてき》が、再び降り注ぎはじめた。

「おのれ！」

虚空衆たちはいきり立った。

自分たちの霊力を何十にも織り上げて作り出した結界を、こんな子どもが破るとは。

白刃を振り上げて、ひとりが突進していく。

その前に、六合が立ちはだかった。銀槍《ぎんそう》がひらめく。

白刃を受け止めた銀槍が大きく払われた。虚空衆が飛び退る。間合いを保ったまま、六合はそれを追った。着地と同時に体勢を低くした虚空衆が、六合の胸元《むなもと》に滑り込む。

身をよじって白刃をかわし、泥飛沫《どろしぶき》を上げながら距離を取る。

別の虚空衆が二方から突進してくる。短く舌打ちした六合の耳朶《じだ》を、よく知る声音《こわね》が叩《たた》いた。

ごく近くで響く、力強い呪文の詠唱《えいしょう》。

「臨《のぞ》める兵《つわもの》闘う者、皆《みな》陣列《やぶ》れて前に在り！」

霊力が爆発した。

虚空衆のみならず、六合や、敵と剣を交えていた風音までもがその爆裂に巻き込まれる。

衝撃をなんとか受け流した六合は、風音の無事を確認《かくにん》し、ほっと胸を撫《な》で下ろした。そして、信じられない思いで視線を滑らせる。

なぜだ。

虚空衆だけでなく、自分たちにもいまの術は向けられていた。

爆裂の余韻《よいん》が消え、雨音が辺りに満ちる。

誰もが呆然とした。

「……」

体を硬《かた》くしてぎゅっと目を閉じていた脩子は、静かに下ろされたのを感じた。

当たりはじめた雨滴が、急に何かに阻まれる。

「姫宮様」

それまでひたすらに恐《おそ》れて目を閉じていた脩子は、肩《かた》を小さく震《ふる》わせた。

この声を、知っている。

そろそろと瞼《まぶた》をあげると、屈託《くったく》のない笑顔《えがお》が自分に向けられていた。

「……あ……」

名前は、知らない。ただ、助けてもらったことがあった。あれを、脩子はずっと夢だと思っていた。

だが、夢にしては、質感があった。夢ならば、日を追うごとに忘れていってしまうはずなのに、時がたてばたつほど鮮明《せんめい》になっていって、本当にあれは夢だったのかと、幾度《いくど》も訝《いぶか》った。

そうしているときに、恐ろしい化け物が今内裏《いまだいり》を襲う事件が起こった。

あのときに、脩子は再び、この少年と遭遇《そうぐう》したのだ。

脩子は彼を知っていた。恐怖《きょうふ》に喘《あえ》いだ夜を抜《ぬ》け、ようやく浅い眠《ねむ》りについた今朝も、夢の中に現れた。

「姫宮様、お怪我《けが》は？　どこか、痛いところはありませんか？」

「だい、じょう、ぶ……」

ずっと息を詰めていたので、声がうまく出てこない。喉《のど》が凍《い》てついてしまったようで、脩子は懸命《けんめい》に声を出した。

「だいじょう、ぶ。だいじょうぶよ」

雨が降っているのに、彼はまるで太陽のようにからりと笑った。

「よかった」

うんと、脩子は頷《うなず》いた。

母に会いたいと泣いた自分に、うんそうだね、帰ろうねと頷いた。

脩子は大きく引き攣《つ》れたように息を吸い込むと、顔をぐしゃぐしゃにして手をのばした。

「…………っ」

すがり付いてきた子どもを全身で受けとめて、小さなその背をよしよしとあやすように何度も叩く。そのまま脩子を抱き上げた。

「益荒、阿曇、いくぞ」

身を翻《ひるがえ》した背中に、太陰は悲鳴のような声で叫《さけ》んだ。

「昌浩！」

昌浩は、足を止めて顔をあげた。太陰と目が合う。

瞬《まばた》きをした昌浩は、そのままふいと視線をはずした。

太陰は茫然と呟いた。

「どうして…ここに…」

昌浩は、都にいるはずなのに。なぜ、伊勢にほど近い垂水の山中に。しかも、早晩脩子を奪《うば》おうと襲ってきた、益荒と阿曇とともに現れたのか。

太陰は慌てて降下した。

「昌浩！　昌浩、待って！　どうして……」

太陰ははっと息を呑《の》んだ。

泥《どろ》の中に倒《たお》れていた彰子が、よろよろと立ち上がる。

再び叩きつけるように降り注いでくる雨滴に洗われて、頬《ほお》の泥は流れ落ちた。

「昌浩……」

呼び止められて、昌浩は足を止めた。

脩子を抱えたまま、振《ふ》り返る。

袿《うちぎ》も髪《かみ》も泥だらけになってしまった彰子は、自分が見ている光景を信じられなかった。

「昌浩、どうして……」

なぜここに彼がいるのか、わけがわからなかった。

だが、彰子は会いたかったのだ。

本当に本当に会いたくて、会いたくて。自分の中の醜《みにく》さや汚《きたな》さ、そういったものと向かい合って、その上で、ようやく答えが出た。

よろける彰子の傍《かたわ》らに降りた太陰が、慌てて彼女を支える。その手に摑《つか》まりながら、彰子は力の入らない足を進めようとした。

が。

昌浩は、益荒たちを振り返った。

「——斎が待っている。行くぞ」

躊躇《ちゅうちょ》なく身を翻す昌浩と脩子を、益荒の通力が取り囲む。阿曇の白い髪が大きくうねった。

水の波動に包まれて、四人の姿は忽然《こつぜん》と消えた。

昌浩たちは、現れたときと同じように、風のようにその場から立ち去った。

驚愕に囚われて、誰もそれを追えなかった。

「くそ…っ、益荒め…！」

虚空衆たちは憤怒《ふんぬ》もあらわにその場から立ち去っていく。

「守直…っ！」

磯部守直にとどめを刺《さ》そうとしていた虚空衆の男は、しかし寸前で滑《すべ》り込んだ風音に白刃《はくじん》を弾《はじ》かれた。

「ちぃっ…！」

痛めた腕《うで》を押さえながら、男は守直を一瞥《いちべつ》した。

「貴様だけは、絶対に殺すぞ、磯部守直…！」

それは、凄《すさ》まじいまでの憎悪《ぞうお》だった。

深手を負わされた守直は、傷口を押さえながら懸命に身を起こす。

「姫宮、様……！」

風音は色を失った。

「動いてはだめよ！」

先ほど放《ほう》り出した衣《ころも》を裂《さ》いて、守直の傷口を押さえる。その上から止血の呪《しゅ》を唱え、何とか大事に到《いた》らずにすんだ。

ほうと息をついた風音の耳に、守直のうめきが忍《しの》び込む。

「……虚空衆…二度と、貴様らには殺されん…！」

風音は怪訝《けげん》そうに眉根《まゆね》を寄せた。

どういうことなのかと問い詰《つ》めようとしたとき、六合が風音の口を押さえる。視線を向けると、いまは何も言うなと、黄褐色《おうかっしょく》の目が告げていた。

六合が視線を滑らせる。それを追い、風音ははっとした。

晴明が、ゆっくりと足を進めている。その先にいるのは、彰子だ。

置き去りにされた彰子は、茫然《ぼうぜん》と立ちすくんでいた。

いま何が起こったのか、それを理解することにひどく時間がかかった。

「…………まさ…ひろ…？」

確かに、彰子を見たのだ。

昌浩は彰子を見た。彰子が呼んだ声を聞いて足を止め、振り返った。目が合った。彰子は近寄ろうとした。それなのに。

あの、目は。

見開かれたままの彰子の瞳《ひとみ》から、涙《なみだ》があふれ落ちる。

太陰は、かける言葉を見出《みいだ》せず、ただ彼女の手を握《にぎ》った。

震《ふる》えが止まらない。

昌浩は確かに彰子を見た。だが、彼は、見知らぬひとを見るような目を、彰子に向けたのだ。

「彰子様…」

晴明が彰子の手を取る。その手は、これ以上ないほど震えていた。

足も、肩《かた》も、全身が激しく震えて、止まらない。

脩子に向けた屈託のない笑《え》みは、傷を負う前の彼のそれだった。

元に戻《もど》ったのか。そう思った。なのに、昌浩の目は、彰子を素通《すどお》りした。

心臓がどくどくと音を立てながら疾走《しっそう》している。手足の先からぬくもりが抜け落ちてしまったかのようだった。

心が、衝撃《しょうげき》のあまりに、嵐《あらし》のように荒《あ》れ狂《くる》っている。

震える手で口元を覆《おお》って、彰子は引き攣《つ》れたように息を吸い込んだ。

「…………っ…」

信じられない。信じたくない。でも。

昌浩の中に、私がいない――――。

◆　◆　◆

磯部の神職たちは、襲撃《しゅうげき》のさなか、仮宮の奥にこもって息をひそめていた。

虚空衆は、この場にいた者たち全員を殺すつもりだったのだろう。だが、突如《とつじょ》として現れた益荒たちによって、それは阻止《そし》されたといっていい。

虚空衆は、その姿を目撃《もくげき》したものを全員殺すことを常としている。当初の目的である脩子が連れ去られてしまったからといって、虚空衆の更《さら》なる魔《ま》の手がのびてくることは明白だった。

「……太陰」

衝撃のあまり憔悴《しょうすい》している太陰を、晴明が呼んだ。

「なに、晴明？」

努めて明るい声を出す太陰に、老人は目を細めた。

「すまんが……磯部の神職たちを、伊勢に送ってくれんか」

目を瞠《みは》る太陰に、晴明は淡々《たんたん》と告げる。

「虚空衆というのは、目撃者を生かしておかんのだそうだ。姫宮様を奪われたいま、このままここにいるわけにもいくまい」

「奪った…って…」

脩子を連れて行ったのは、昌浩だ。奪《うば》われたなどという言い方は、不自然すぎる。

だが晴明は、顔色ひとつ変えていなかった。

「少しでも早く、な。危険のないように。伊勢の結界のうちであるならば、虚空衆も手出しはできんと、守直殿が仰《おっしゃ》っていた」

「……わかった」

頷《うなず》いて、太陰は晴明に詰め寄《よ》った。

「送ったら、都に戻る」

「太陰？」

驚《おどろ》く晴明に、太陰は真剣《しんけん》な面持《おもも》ちで言い募《つの》る。

「どうしてここに昌浩がいたのか。……あれは本当に、昌浩だったのか。確かめてくるわ。だから晴明、待ってて」

そうして、彰子を一瞥する。

彰子は、泥にまみれた髪を風音の手で洗ってもらった。だが、その間ずっと、ひとことも発することなく涙を流しているのだ。

痛々しすぎて、声をかけられない。

会いたいのだと言って、泣いていた。自分から離《はな》れた。自分で決めた。それでも、会いたいのだと。

――会えたのに。

太陰は両手を握り締《し》めた。

「行ってくるから…、すぐに、戻ってくるから…」

「うん。待っとるよ」

太陰はこくりと頷いた。

◆　◆　◆

昌浩に手を引かれて、脩子は一歩一歩石段を下りていく。

「お足元に、お気をつけください」

丁寧《ていねい》に声をかけながら、脩子の歩幅《ほはば》にあわせてゆっくりと。

脩子の懐《ふところ》から、黒い塊《かたまり》が滑り出る。しかし彼女は無事に足を運ぶことに懸命《けんめい》で、気づかない。

かつかつと、かすかな音がした。それはやがて、潮風にとけて聞こえなくなった。

だいぶ時間をかけて、脩子と昌浩は石段をくだり終えた。

篝火《かがりび》が燃えている。

脩子は瞬《まばた》きをした。

ひとりの少女が、たたずんでいた。

昌浩は斎のそばまで脩子を誘《いざな》っていくと、そこで手を離した。

「――昌浩」

低い声に呼ばれて、昌浩は瞬きをしてから首をめぐらせた。

長身の体躯《たいく》と、燃え上がる金色の双眸《そうぼう》をした青年が、険のある面持ちで立っている。

「………」

昌浩は、そのひとをしげしげと眺《なが》めた。誰だろうという目で。

訝《いぶか》る昌浩を、斎が呼んだ。

「ご苦労だった。礼を言う」

昌浩は、淡《あわ》く笑って首を振《ふ》る。そのまま、ふいに瞼《まぶた》を落としてくずおれた。

「昌浩!」

倒《たお》れた昌浩を抱《だ》き起こし、紅蓮は何度も呼びかけた。

「昌浩、おい、昌浩!」

「役目を終えたので、眠《ねむ》っただけだ」

斎を睨《にら》み、紅蓮は剣呑《けんのん》に唸《うな》った。

「なんだと…?」

怯《おび》えて身をすくませる脩子の肩に、斎が手を置く。脩子はせわしなく視線を彷徨《さまよ》わせながら、恐怖《きょうふ》と戦っているようだった。

めぐらせた視線の先に、阿曇が控《ひか》えている。それに気づいた脩子は目に見えて震えた。

阿曇は苦笑《くしょう》して、益荒にすべてを任せるとでも言うように、彼の肩を叩《たた》いた。益荒は無言で頷く。

阿曇の姿が見えなくなると、脩子はようやく息を吐《は》き出した。

それを見ていた斎は、紅蓮に視線を戻した。

「昌浩は、本来まだ癒《いや》しの眠りの中にいる。にもかかわらず、わらわに力を貸してくれた。それだけだ」

一呼吸おいて、斎は踵《きびす》を返した。

結界の向こうに端座《たんざ》している玉依姫は、微動《びどう》だにしない。

その背を見つめて、少女は淡々とつづけた。

「わらわは、これより神に背《そむ》く」

その声音《こわね》を聞いたとき、紅蓮のうなじをひやりとしたものが撫《な》でた。

淡々と語る少女は、玉依姫の背から目を離さない。彼女を見つめる益荒の瞳《ひとみ》が、痛みを堪《こら》えるようにして伏《ふ》せられた。

雨音と、波の音がする。そこに混じって、そこから生じる地鳴りが。

三柱鳥居の建つ海。その波間に、じわじわと金色の霧《きり》が立ち上っていく。

ひときわ大きな地鳴りが生じた。それに応じるように、波間に漂《ただよ》う霧が寄り集まり、大きくうねる長大な姿を形成していく。

紅蓮は息を呑《の》んだ。あれは。

「まさか……！」

三柱鳥居の中で、大きくあぎとを開き、怒《いか》りもあらわに荒《あ》れ狂《くる》う金色の龍《りゅう》。それは、ひたむきに祈《いの》る玉依姫に、憎悪《ぞうお》の眼を向けていた。

「地龍……！」

思わず足を踏《ふ》み出しそうになった紅蓮を、穏《おだ》やか過ぎるほどに穏やかな斎の声音が、その場に縫《ぬ》いとめる。

「わらわの願いは、ただひとつ」

金色の龍が咆哮《ほうこう》する。気脈の化身《けしん》、龍脈の暴走が具現化したもの。

激しい咆哮が反響《はんきょう》し、雨音と波音と、地鳴りと混ざり合う。

空気がびりびりと震《ふる》え、脩子はうずくまって目を閉じた。

斎の眼差《まなざ》しは、玉依姫の背に据《す》えられたまま、動かない。

「――玉依姫に、死の安寧《あんねい》を」

◆　◆　◆

宮の軒下《のきした》から、黒い影《かげ》が舞《ま》い上がった。
『ぬう…っ、これしきの雨になど、負けはせぬぞ』
黒い翼《つばさ》を羽ばたかせながら、嵬は唸った。
『姫の御許《おんもと》に、戻《もど》らねば……！』
風が激しさを増し、雨とあいまって、嵬の行く手を阻《はば》む。
『おのれ…かような嵐《あらし》など、取るに足らん…っ！』
鴉《からす》が飛んでいく。
それを追うかのように、彼方《かなた》から雷鳴が轟《とどろ》きはじめた。

あとがき

前巻に引きつづき、危機でした。

皆様《みなさま》いかがお過ごしでしょうか。二ヶ月ぶりです、結城光流です。

少年陰陽師も第二十四巻、玉依編第四巻と相成りました。

さて、久しぶりに恒例《こうれい》のあれをば。

二十二巻においてついに変動したキャラクターランキング。さて今回は。

一位、安倍昌浩。頑張《がんば》ったぞ主人公、見事に返り咲《ざ》き。

二位、十二神将火将騰蛇、ふたつ名は紅蓮。一瞬《いっしゅん》の栄光だったか、残念。

三位、物の怪のもっくん。三位以内を確保している安定した人気ぶり。

以下、勾陣、六合、風音、じい様、青龍、玄武、太陰、冥官、彰子、太裳、天后、天一、若晴明、成親、朱雀、脩子、白虎、章子、敏次、斎、一つ鬼、あさぎさん、結城とつづきます。

二十二巻で紅蓮によって奪《うば》われた一位の座でしたが、主人公頑張って取り返しました。やはり少年は何度でも立ち上がるものなのです。これからもそうあってほしい。

紅蓮の栄華《えいが》は短かった…。また一位奪取《だっしゅ》なるか？　そして、物の怪のもっくんが再び一位の座につく日は来るのか。

皆様の一票で順位が決まります。ランキングに参加される方は、ファンレターのどこかにわかりやすく「××に一票」と書いてください。あなたの一票で思いがけない逆転劇があるかもしれませんよ。乞《こ》うご期待。

さて。冒頭《ぼうとう》にも書きましたが、危機でした。

前巻に書いたとおりパソコンも危機でしたが（その後無事デュエルに勝利し、データを完全移行してつつがなく動いています。当然のことながらバックアップは必須《ひっす》です）、それ以上に危機でした。

危機の名は、人生初の熱中症《ねっちゅうしょう》。しかも、当初自覚まったくなし。

夏だから暑い。それは毎年のことですし、そもそも私は夏生まれなので、暑さに弱いなどということはいままでなかったのです。が、今年はひと味違《ちが》いました。

風邪《かぜ》を引いたわけでもないのに熱が下がらない。とにかくだるいし眠《ねむ》い。

疲《つか》れてるのかなぁ？　と首をひねりながら、十月に新刊を出すかどうかをぎりぎりまで悩《なや》み、

H部さんと話し合った結果、この状況《じょうきょう》で出さないと読者のみんながっかりするだろうから頑張ってみましょうということで、刊行決定。

出すからには原稿《げんこう》を書かなければなりません。が、自分でも驚《おどろ》くほど書けないのです。

とにかく熱が下がらない、解熱剤《げねつざい》を飲んでも効《き》かない。なんだか凄《すご》く疲れているし、休んでも治った気がしない。そんな状態で時間は過ぎていき、とにかく書かなければと思うのですが、思うように進まない。気力がつづかないんですね。

そうこうしているうちに〆切《しめきり》前日となり、遅々《ちち》として進まない原稿に苛々《いらいら》しながら必死で執《しっ》筆《ぴつ》をつづけていたのですが。

夜中。作家になってから初めて、パソコンの前で意識が飛びました。幸いすぐに気がついたのですが、一度だけでなく二度、三度と意識が途切《とぎ》れ、さすがに異常だと自覚しました。

いくらなんでもおかしい。仕事中に落ちるなんて、どうしたんだ私。いままでどんなに疲れていても、眠くても、こんな風にして意識が途切れることはなかったのに。

しばらく考えて、ふと思いつき、熱冷却《れいきゃく》シートを額に貼《は》ってみました。

……少し楽になった気がする。もしやこれは、噂《うわさ》によく聞く熱中症というものなのでは？

ネットで熱中症というものについてざっと調べたところ、症状がことごとく当てはまるではありませんか。

そうか、これが熱中症…！　あの、軽く考えがちだけどひどくすると死に到《いた》るという決して侮《あなど》れない症状……！

しかし、熱中症であろうとなんであろうと、明日が〆切である以上書かなければなりません。部屋をがんがんに冷やし、こまめに水分をとり、冷却シートを貼り、ひたすらキーを叩《たた》き、あとはもう時間との戦い。

ぎりぎりになって上がったときにはふらふらで、脱稿《だっこう》してからH部さんに電話を入れ、原稿を送ってから倒《たお》れるようにして寝《ね》たのでした。

作家になってから丸八年になりますが、あれほどにきつい〆切はいまだかつてありませんでした。冗談《じょうだん》抜《ぬ》きで救急車を呼ぼうかと本気で考えました。

なんとか呼ばずに済みましたが、熱中症を甘く見たらだめですね。

水分はとっていましたが、熱中症のときはただの水ではなくて某《ぼう》青いスポーツ飲料（固有名詞は避《さ》ける方向でひとつ）がいいとあとになって聞き、粉で買ってきました。市販《しはん》されている液体の青いスポーツ飲料は、１：１で水で割らないと濃《こ》すぎると、身内に看護師さんがいるという友人に教えてもらってから、粉一袋《ふくろ》を二リットルの水で作っております。最終的には塩を舐《な》めるという説もありますね。まだそれはやってないけど、なんとなく納得《なっとく》。汗《あせ》をかいたらミネラルも抜けるもんなぁ。

私は入浴時に湯船にしっかり浸《つ》かる派で、少しぬるめのお湯にのんびり入ってぼーっとするのが好きなのですが、このときばかりは水風呂《みずぶろ》でした。

関係ないけど、湯船にお塩をひと摑《つか》み入れると発汗《はっかん》が促《うなが》されてすっきりしますね。じっくり汗を流すと自分の中の悪いものが抜けていく気がするので、できるだけ湯船に入るようにしています。塩は浄化《じょうか》にいいのですよ。なんかやーなことがあったときも、塩です、塩。追い焚《だ》き機能のあるお風呂だと風呂釜《がま》が壊《こわ》れてしまう危険があるので要注意ですが。

熱冷却シートは額用とボディ用とを常備しましたが、毎日大量消費ですぐになくなってしまうのがなんとも…。

そういえば食欲もがくっと落ちてたなぁと、振《ふ》り返ってみればひどくなる前にもう少し早く気がつけたんじゃないかと、思わないでもないです。

そのときには気づかないから後悔《こうかい》というのです。いやほんと。

いい教訓を得た、今年の夏でした。夏生まれだから暑さに弱くはないと思っていましたが、どうも自分で思っていたほどではなかったようです。幾《いく》つになっても自分の知らない自分を発見しますね。

後日、私とH部さんの間ではひとつの取り決めがなされました。

どんなキャンペーンをやるにしても、夏はやめよう。

夏はただでさえ体調を崩《くず》しがちになりますし、夏にこういう無茶なスケジュールは絶対にやめようと、お互《たが》いに心に誓《ちか》いました。

そんな絶不調だった夏ですが、体重はあまり変わらなかったのが一番悲しかったかもしれません。もう少し落ちてくれたっていいじゃないかー。

それでもなんとか頑張《がんば》れたのは、読者の方からいただいたお手紙があったからです。ありがとうございます。

余談ですが、私が体調を崩してなんとか回復すると、なぜか必ずH部さんが体調を崩していたのが不思議でした。病魔《びょうま》が我々に順繰《じゅんぐ》りにとりついてるんじゃないのかというくらい。こういうときに、昌浩やじい様に快癒《かいゆ》の禁厭《まじない》をしてもらえたら、すぐに治るのかもしれません。紅蓮がいたら何もしなくてもきっと熱いに違《ちが》いない。そうか、だからもっくんの姿なのか（絶対に違うと思います）。こんな埒《らち》もないことをつらつら考えるくらい、暑さに参った夏でした。

そういえば、八月は誕生月だったので、お祝いのメッセージやカードをたくさんいただきました。台湾の方からもいただいて、びっくりしました。こちらもありがとうございます。

この本が出る頃《ころ》には涼《すず》しくなっているでしょうから回復していると思いますが、いままで以上に体調管理に気を遣《つか》わないとですね。これからは小説の執筆だけではないので。

そう、小説だけではないのです。

十月十日発売のＢｅａｎｓＡ　Ｖｏｌ．16から、完全新作のコミックが連載《れんさい》スタートとなります。

タイトルは『暁《あかつき》の誓約《ゲッシュ》』。原作書き下ろしで、作画は松尾葉月さん。新人さんながら躍動感《やくどう》のある絵で、迫力《はくりょく》のあるアクションシーンが抜群《ばつぐん》にうまい方です。

内容は、初の西洋ファンタジー。最果ての島「エリン」を舞台《ぶたい》に、邪神《じゃしん》と戦う聖なる騎士《きし》とドルイドの少年たちが主人公です。

ケルトを元にしているのですが、進むにつれて「どこがケルト？」になりそうです。イメージはケルト。そう、大切なのはイメージです。

ちなみに私の一押《いちお》しは、少年騎士クールでも少年ドルイドセイでもなく、トリです。主人公は少年陰陽師だけど一押しは物の怪のもっくんの如《ごと》く、主人公は騎士とドルイドだけどトリです、トリ。もう可愛《かわい》いったら。

もっくんのときのように、一目でノックアウトされました。マスコットって重要です。とにかく可愛いので、ぜひトリを見てください。

と、トリトリ言っているとコミック担当S川氏に「メインは人間なんだからトリトリばっかり言わないように」と叱《しか》られるので、控《ひか》え目《め》に控え目に。

第一話の原稿《げんこう》を読んだのですが、自分の書いた話なのにわくわくしてしまいました。自分の作った物語がほかのひとの手でビジュアル化されるというのは、何度経験してもこの上もなく興奮しますね。

コミック原作やりませんかーと話をもらったときは、あー面白《おもしろ》そうですねいいですよーと深く考えずにオーケーしてしまったのですが、あとになって気づきました。コミック原作をやるということは、小説の〆切《しめきり》以外にコミックの〆切も増えるということだったのです。え、気づくのが遅《おそ》い？　いえいえ、そこを気づかせないのが編集の手腕《しゅわん》なのですよ……。〆切前になると七転八倒《しちてんばっとう》していますが、やはり物語を作るのは面白い。暁《あかつき》の誓約《ゲッシュ》は少年陰陽師とはまったく別の世界で、キャラクターで、なんだかとても新鮮《しんせん》です。早くたくさんのひとに読んでもらいたい。そして是非《ぜひ》感想を聞かせてほしい。書きながらわくわくしているので、読者の方にも同じようにわくわくしていただけたらいいなと思います。

十月十日発売のＢｅａｎｓＡから連載開始の『暁《あかつき》の誓約《ゲッシュ》』。少年陰陽師ともども、こちらもよろしくお願いいたします。

先日、六十年に一度の大イベントに行ってきました。

場所は島根県。これだけでピンと来る方がいらっしゃるかもしれません。出雲《いずも》大社御本殿《ごほんでん》の特別拝観に、猛暑《もうしょ》の中行ってきました。

国宝の御本殿に入れるチャンスとあっては、行かないわけにはいきません。これを逃《のが》したら、もし次の遷宮《せんぐう》のときに生きていたとしても、自分の足でちゃんと歩けるかわからないし、そもそも拝観させてもらえるかどうかもわからない。

ゴールデンウィークは長蛇《ちょうだ》の列で最長四時間待ちという話も聞いていたので覚悟《かくご》していたのですが、事前に整理券を申し込めることになったので、ほとんど並ばずに拝観できました。

いつもは周りから眺《なが》めるだけの御本殿の中に入れるので、大興奮。

私いま、国宝の中にいる……！

御本殿をぐるりと一周しながら、籬《まがき》の外からこちらを見ている参拝客を見下ろして、いつもはあそこにいるのにと感慨《かんがい》にふけったり。

天井《てんじょう》に描《えが》かれた八雲の図を目に焼きつけて、万感《ばんかん》の思いでゆっくりと階段を下り、名残惜《なごりお》しさを振《ふ》り切って出てきました。

その後、同行の友人が免許《めんきょ》を持っていたので、レンタカーを借りてあっちの神社こっちの神社とひたすら神社めぐりです。

最近御朱印《ごしゅいん》をいただくようになったので、ひとつひとつ増えていくのが嬉《うれ》しい。須我《すが》神社でおみくじを引いたら大吉《だいきち》で、歓迎《かんげい》されている気分になりました。

まだまだ暑いのに三時を過ぎたらもうカナカナゼミが鳴いていて、夜になってもミンミンゼミが鳴いている東京との違いに驚《おどろ》いたり。でもこれが本当なんだよなと、少し寂《さび》しくなりました。焼けつくような陽射《ひざ》しでも木陰《こかげ》に入ると涼しいし。東京はアスファルトに熱がこもるから、木陰に入っても涼しくならないんですよね。

二泊三日の島根滞在《たいざい》で、一日で日御碕《ひのみさき》神社と美保《みほ》神社を両方めぐれたのはひとえに車と、免許持ちの友人のおかげ。

玉造温泉にも入れました。手のひらほどもある大きな生牡蠣《なまがき》を食べたり、日本酒「やまたのおろち」を飲んだり、真夜中の宍道湖《しんじこ》を眺めに行ったりと、実に楽しい出雲旅でした。

一度ムール貝で死にかけて以来ずっと牡蠣も怖《こわ》くて食べられなかったのですが、あれは実においしかった。おかげさまで牡蠣を克服《こくふく》できました、ありがとう出雲。

京都もですが、出雲もいいところです。年に一度は行きたいですね。

行きたいところはまだまだたくさんあります。国内だけでなく、『暁《あかつき》の誓約《ゲッシュ》』の舞台モデルであるアイルランドにもまた行きたい。そういえば、三巻のあとがきに書いたアイルランド旅行の際に、大もとのネタが浮《う》かんだんでした。

いま行ったらあの頃《ころ》とはまったく別のインスピレーションが得られるだろうなぁ。

京都には相変わらず月一で行っております。じい様のところと、高淤《たかお》の神のところと。

あとはそのときの気分でふらふらと。

たまに漬物《つけもの》を買って帰ってくるのですが、私が好きな品はあまり日持ちがしないので、必死で食べます。箸休《はしやす》めでなく主菜になってしまっている…。

おいしいからいいか。

玉依編は「心の傷」がテーマです。

はてさて、では心の傷とはどういうものなのか。どうして負うのか、どうすれば乗り越《こ》えられるのか。自分でも調べましたが、やはり素人《しろうと》なので限界があります。

ですので、その道の専門家の方にもお話を伺《うかが》い、様々な例を聞かせていただきました。

四十歳、五十歳になっても、幼少時、思春期に負った心の傷で苦しんで、負のスパイラルを作り出してしまっているひとがとても多い、とか。

いじめはいじめる側の心の傷が根本の原因である場合がほとんどだ、とか。

自分の価値を見いだせなくて「どうせ自分なんて」が口癖《くちぐせ》になってしまうとか。

もっとたくさんあるのですが、長くなる上に専門的な話になるので、興味のある方は調べてみてください。

いずれにしても、心の傷をそのままにしておくと、心がいびつになって負のパターンを作り出し、そこから抜《ぬ》け出せなくなってしまうのだとか。

ただ、傷を負っても、それときちんと向き合って乗り越えることができれば、より良い成長が待っていることも事実です。

昌浩には今回頑張《がんば》ってもらいました。

彰子も自分と向き合うことで得るものがあったと思います。

一番しんどいところをようやく抜けて、私自身もほっとしています。

予定通りに行けば、次巻で玉依編は終わります。

テーマが重いので、結末に賛否両論出そうなのですが、自分が納得《なつとく》のできる終わり方にできるよう、頭の中でまとめている最中です。

重くて暗くて申し訳ありませんが、もう少しだけお付き合いいただければと思います。

そういえば、若晴明が全然出てきていないのに、なんでこんなに若晴明を書いている気分になるんだろうとふと思ったのですが、雑誌のザビで若かりし頃《ころ》の晴明を書いているからでした。

陰陽師も、暁《あかつき》の誓約《ゲッシュ》も、ぜひ感想を聞かせてください。執筆《しっぴつ》の励《はげ》みです。皆《みな》さんの声があるから頑張れます。

ではでは、次の本でまたお会いできますように。

結城光流

結城光流公式サイト「狭霧殿」http://www 5 e.biglobe.ne.jp/~sagiri/

「少年陰陽師　迷いの路をたどりゆけ」の感想をお寄せください。
おたよりのあて先
〒102-8078　東京都千代田区富士見2-13-3
角川書店ビーンズ文庫編集部気付
「結城光流」先生・「あさぎ桜」先生
また、編集部へのご意見ご希望は、同じ住所で「ビーンズ文庫編集部」
までお寄せください。

少年陰陽師《しょうねんおんみょうじ》

迷《まよ》いの路《みち》をたどりゆけ

結《ゆう》城《き》光《みつ》流《る》

角川ビーンズ文庫　BB16-30　15359

平成20年10月1日　初版発行

発行者———井上伸一郎
発行所———株式会社角川書店
東京都千代田区富士見2-13-3
電話/編集(03)3238-8506
〒102-8078
発売元———株式会社角川グループパブリッシング
東京都千代田区富士見2-13-3
電話/営業(03)3238-8521
〒102-8177
http://www.kadokawa.co.jp
印刷所———暁印刷　製本所———BBC
装幀者———micro fish

ISBN978-4-04-441632-4 C0193 定価はカバーに明記してあります。

結城光流
イラスト／四位広猫
篁《たかむら》破《は》幻《げん》草《ぞう》子《し》
❶ あだし野に眠るもの
❷ ちはやぶる神のめざめの
❸ 宿命よりもなお深く
❹ 六道の辻に鬼の哭《な》く
❺ めぐる時、夢幻の如く
京の妖異を退治する美しき“冥官”
その名は小野篁!!
昼は貴族達の憧れの君、夜は閻羅王直属の冥府の役人──
ふたつの顔を待つ篁が、幼馴染の融と共に大活躍する、平安伝奇絵巻！
●角川ビーンズ文庫●

第8回 角川ビーンズ小説大賞 原稿大募集!

大幅アップ!

大賞 正賞のトロフィーならびに副賞300万円と応募原稿出版時の印税

角川ビーンズ文庫では、ヤングアダルト小説の新しい書き手を募集いたします。
ビーンズ文庫の作家として、また、次世代のヤングアダルト小説界を担う人材として世に送り出すために、「角川ビーンズ小説大賞」を設置します。

【募集作品】エンターテインメント性の強い、ファンタジックなストーリー。ただし、未発表のものに限ります。受賞作はビーンズ文庫で刊行いたします。

【応募資格】年齢・プロアマ不問。

【原稿枚数】400字詰め原稿用紙換算で、**150**枚以上**300**枚以内

【応募締切】2009年3月31日(当日消印有効)

【発　　表】2009年12月発表(予定)

【審査員】あさのあつこ　椹野道流　由羅カイリ(敬称略、順不同)

【応募の際の注意事項】

規定違反の作品は審査の対象となりません。

■原稿のはじめに表紙を付けて、以下の3項目を記入してください。

①　作品タイトル(フリガナ)
②　ペンネーム(フリガナ)
③　原稿枚数(ワープロ原稿の場合は400字詰め原稿用紙換算による枚数も必ず併記)

■2枚目に以下の7項目を記入してください。

①　作品タイトル(フリガナ)
②　ペンネーム(フリガナ)
③　氏名(フリガナ)
④　郵便番号、住所(フリガナ)
⑤　電話番号、メールアドレス
⑥　年齢
⑦　略歴(文芸賞応募歴含む)

■1200文字程度(原稿用紙3枚)のあらすじを添付してください。

■原稿には必ず通し番号を入れ、右上をバインダークリップでとじること。原稿が厚くなる場合は、2～3冊に分冊してもかまいません。その場合、必ず1つの封筒に入れてください。ひもやホチキスでとじるのは不可です。(台紙付きの400字詰め原稿用紙使用の場合は、原稿を1枚ずつ切り離してからとじてください)

■ワープロ原稿が望ましい。ワープロ原稿の場合は必ずフロッピーディスクまたはCD−R(ワープロ専用機の場合はファイル形式をテキストに限定。パソコンの場合はファイル形式をテキスト、MS Word、一太郎に限定)を添付し、そのラベルにタイトルとペンネームを明記すること。プリントアウトは必ずA4判の用紙で1ページにつき40文字×30行の書式で印刷すること。ただし、400字詰め原稿用紙にワープロ印刷は不可。感熱紙は字が読めなくなるので使用しないこと。

■手書き原稿の場合は、A4判の400字詰め原稿用紙を使用。鉛筆書きは不可です。

・同じ作品による他の文学賞への二重応募は認められません。

・入選作の出版権、映像化権を含む二次的利用権(著作権法第27条及び第28条の権利を含む)は角川書店に帰属します。

・応募原稿は返却いたしません。必要な方はコピーを取ってからご応募ください。

・ご提供いただきました情報は、選考および結果通知のために利用いたします。
くわしくは当社プライバシーポリシー
(http://www.kadokawa.co.jp/help/policy_kadokawa.html)をご覧ください。

【原稿の送り先】〒102-8078 東京都千代田区富士見2-13-3
(株)角川書店ビーンズ文庫編集部「第8回角川ビーンズ小説大賞」係

※なお、電話によるお問い合わせは受付できませんので、ご遠慮ください。